CB129794

# URSA MENOR

# URSA MENOR

CARLA KINZO

*contos*

*1ª reimpressão*

*Para o João*

*No silêncio da noite*
*não me deixa dormir*
*a nênia dos cupins*

**Abbas Kiarostami,**
***Nuvens de algodão***

***A rua movimentada***

*Já estou tão acostumada*
*que quando o barulho para,*
*acho que é uma tempestade chegando*

**Lydia Davis,**
***Tipos de perturbação***

## Órbita

Ursa menor 13
Um ano-luz 17
Carne suspensa 21
Estamos nos acostumando 27
Autópsias 31

## Miragem

Eco 41
Um hipopótamo desaparece 49
Pra dentro da estrada de terra 55
Temas para um conto silencioso 61
Sob as unhas 71
Menstruação 77
Dragões 81
É minha amiga 89

## Lume

Ela me perguntou como estávamos 97
Trompa 103
Ao fogo 107
Onde o corredor termina 111
Sou bom 115
Wabi sabi 119
Ontem disse uma estrela 123

*Posfácio* 126

Órbita

# Ursa menor

Pariu há três semanas. Ainda dolorida, o bebê no colo. Sempre no colo. O medo de que ele se esqueça como mamar, de que ela própria não se lembre do ângulo certo do bico na direção da boquinha. As aréolas aumentam e ficam escuras para que os bebês possam vê-las. Os bebês têm olhos grandes para atrair cuidadores. Seu bebê tem olhos escuros. Os recém-nascidos não enxergam direito e ela não dorme mais; foram sete dias para que ele pegasse o peito, quinhentos gramas a menos, que bom que nasceu gordinho. Muitas horas de parto, quantas? Não se lembra, nunca soube. Sem mãe, poucas amigas, o marido no trabalho todas as noites, ela tem medo. Se deitar e esmagar o filho, fechar os olhos e derrubá-lo, segue com ele no colo, agarrada à poltrona.

Sentada nela e embolada no neném, notou algo diferente na sala. Uma mancha escura numa porção esquecida da parede, em um lugar improvável porque atacado pelo sol. Sítio das plantas mais rebeldes, as que precisam de luz direta e pouca água, era ali que ficavam os cactos e algumas jiboias. Com contornos diminutos, o ponto não era bem uma mancha — e não teria sido visto, se ela não encarasse obsessivamente as paredes vazias e os cantos sem móveis. Era o que fazia por si mesma, olhar.

Como o ponto era agora uma espécie de companhia, de acontecimento sutil dos dias, começou a seguir o processo de transformação daquela anã branca em uma gigante vermelha, seu processo de morte e expansão. As bordas, no início pouco visíveis, passaram a se estender de modo desordenado para os lados, multiplicando-se em novos pequenos pontos enegrecidos, às vezes acinzentados. Uma explosão estranhamente contida, em câmera lenta. Uma divisão celular. Posicionou a poltrona debaixo do que começou a entender ser um bolor, só para tentar ver o movimento impossível a olho nu, um ponto e outro ponto e outro ponto e outro. A soma dos corpos filamentosos aparentemente insignificantes formava um céu talvez entristecido, mas ainda assim um céu. Era algo para onde olhar e tentar enxergar. As três horas em que os fungos dobram sua massa celular, segundo os manuais. O caminho sem sentido daquela coisa celeste no teto, segundo seus olhos. Celeste e terrena. Um ponto úmido e insistente. Nunca tentaria se livrar daquela vida aguerrida, brotada por teimosia, surgida e crescida ali porque sim, mesmo debaixo da luz, em meio a tanto vazio.

Lenta e incessante, a massa viva e escura e incontida foi se estendendo do canto ao resto do teto, devastadora, como ruínas vistas de cima. Se olhasse bem, se olhasse realmente e em silêncio, capturava um movimento minúsculo das pintas mais jovens — e o som, tão agudo de tão grave, dos estalos das fibras de mofo se quebrando pra alcançar o outro lado.

Nessas horas, quase estendia uma das mãos para alcançar um ligamento, como quem pede para ser salva de algo que desaba. Foi quando percebeu que talvez fosse aquela massa de corpos miúdos que os visse de baixo, ela e o bebê, e ambos estivessem em cima; talvez fosse ela e o filho, com seus corpos massudos, aparentemente mais complexos e com ligações mais sofisticadas que as dos pontos na parede, que parecessem ruínas vistas de longe — com seus ruídos de mamadas, caminhadas pequenas do quarto à cozinha, do corredor ao banheiro, o choro estranhamente agudo dela, estranhamente grave dele. Mas e daí se parecesse arruinada? Agora podia ser um céu para aquela constelação monumental e ordinária na parede; como podia ser duas coisas diferentes aquela vida única, surgida de um ponto invisível? Tanto mistério nos fungos. Não se importava em seguir acordada, sozinha com o bebê, se fosse pra ver tudo aquilo um pouco mais. De vez em quando esquecia a sede, mas nunca de borrifar um pouco d'água sobre aquela parte da casa em dias quentes; adiou para sempre a compra de um bercinho, e começou a sonhar com o dia em que tivesse coragem para criar outros tipos de bolores, outras cores, formatos. O bebê mirava sua aréola; ela, a aventura na parede.

Depois de meses, o teto pretejado percebeu que ela sorria. Passou a desconfiar que aquela mãe devaneava com frutas que pudessem apodrecer na sala para dar espaço a fungos novos, dos que se acomodam em mamões ou maçãs, meio esverdeados e com agrupamentos de fiapos mínimos, brancos, como uma estrela polar.

# Um ano-luz

Quando mais nova queria um caminhão, me casei com um caminhoneiro. Se não se pode ter um caminhão só seu, junte-se a alguém que tenha um. Com dezenove anos, o mundo é muito pequeno; se soubesse disso, não teria feito as escolhas que fiz. O mundo se alarga com o tempo e a gente vai percebendo que nunca vai tê-lo.

Se pudesse, teria me casado com um astronauta.

Abro o mapa sobre a mesa da cozinha, espero que a água ferva. Hoje meu marido volta pra casa depois de vinte dias. Faz um tempão que ele dirige caminhões e quem gosta de mapas sou eu, eles não me dizem a verdade. O tanto que quis uma rota para longe. Tomar a SP-330, uma rodovia grande e duplicada, com várias faixas adicionais e pistas marginais que dão conta do tráfego pesado. Anhanguera. O cheiro de diesel, o motor zunindo com a velocidade, escapar num caminhão meu, vermelho e cheio de adesivos.

O primeiro homem que foi para o espaço tinha um metro e cinquenta e sete e vinte e sete anos quando deu a volta completa no planeta. Antes de embarcar, disse: *em poucos minutos possivelmente uma nave espacial irá me levar para o espaço sideral. O que posso dizer-lhes sobre estes últimos minutos? Toda a minha vida parece se condensar neste momento único e belo. Tudo que fiz e vivi foi para isso.*

Tudo o que fiz. O que vivi.

Abro o mapa e ganho um território nele fazendo um círculo em torno de uma área no papel, uma pequena ilha. Recrio um país com a borda do copo molhado, é tudo o que posso fazer com meu desejo de gastar combustível. Me levanto, adiciono mais água na panela, fervo com sal as batatas. Com preguiça, afogo cada uma delas, esses legumes de todos os dias. Às vezes, quase esqueço um dedo dentro da água quente, embaixo do fio da faca. Me escoro na mesa desnivelada em que parto a cebola, o tomate, o dedo; apoio a testa curta, a franja que corto para disfarçá-la, sempre ouvi que testa larga é sinal de inteligência. Sou predestinada desde a testa. Não à toa me meti nessa casa cheia de panelas e força gravitacional.

Os anos-luz têm me fascinado ultimamente, sou apaixonada pelas coisas que não entendo. Como podem ser uma unidade de distância e não de tempo? O espaço percorrido por uma partícula de luz no vácuo, no intervalo de um ano terrestre. 9,46 trilhões de quilômetros. O ano-luz num mapa, estar a um ano-luz daqui, só um.

O copo com o qual aprisiono uma ilha projeta uma sombra sobre o Pacífico, arrasto um dedo na direção do mar. Ali perto tenho um país no vidro, toda sua população, cada uma de suas histórias, as guerras, os feriados nacionais. Sou capaz de cobri-lo com a palma, tapar sua extensão com a testa.

Gosto dos mapas, eles quase me convencem com suas mentiras. Se o mundo fosse plano, levemente rasgado em uma das dobras onde ainda é oceano, nada vazaria por essa fenda, nem uma gota salgada. Nem um peixe, nenhuma concha.

Estendo os braços sobre o mapa, alcanço uma ilha ao norte que prendo no copo e que não existe, onde poderia chegar pilotando um foguete vermelho e cheio de adesivos. Minha mão não cabe nela, é maior.

O que existe me pede para levantar. O porcelanato com as cascas das batatas, a pedra escura da bancada sustentando um universo de gordura e gotas. Tiro a panela do fogo, escorro a água leitosa de dentro, um rio fumegante. Os pingos cessam na cuba da pia, o ralo um redemoinho no fundo do leito, engolindo o que cai. Sob os pés, embaixo da casa, bem fundo na rua tem um rio. Qual o nome dele? Tem dias em que dá pra ouvir a água correndo. Faço tudo como se tivesse tempo, como que para ser pega no meio do ato e confrontada em minha previsibilidade: cozinhar purê.

Amasso as batatas amolecidas, hoje não vou comê-las na companhia dos meus mapas, dos meus livros, o espaço sideral, o jornal da noite. Atiro o purê numa travessa lisa e limpa, a travessa no micro-ondas, o jantar é esse, é isso o que sei fazer, é a testa que tenho. Recolho o copo de cima do mapa, seco com o pano de prato o lugar em que a água marcou uma fronteira. Não posso mais trazer meu mapa para a cozinha, ele não aguenta. Dobro o mundo e a estrada, quatro partes desproporcionais muito vincadas, guardo os livros, que ninguém encontre nada. Encosto a testa na superfície regular da janela, esses minutos, como é bom ficar sozinha.

No espaço, as ondas sonoras não podem ser transmitidas. É como estar no vácuo, o som não consegue se propagar. Se dois asteroides colidirem, aquele estrondo, ninguém vai ouvir. Se você gritar, também não.

Fecho os olhos para não ver a rua, finjo que não estou num território dentro de um copo, a um ano-luz do lado de fora. Tento escutar o rio embaixo do asfalto. Nada. Escorada, faço de conta que espero meu marido chegar, e o calor da testa migra para o vidro. Ninguém vê que me transporto para a matéria fria, quieta da janela.

# Carne suspensa

Seis meses depois da separação, encara as coisas como se pudessem pular dos lugares em que foram deixadas, não gosto daqui, me devolva ao meu lugar de origem, você não manda em mim. Os berros distantes soam atrás dos vidros, das prateleiras. Depois de treze anos, um cachorro velho e a tentativa de um filho, as palavras foram ganhando massa, arestas; *porta*, por exemplo, foi se tornando mais sólida, cada vez mais fechada, escura. O fenômeno começou com termos mais domésticos e concretos, ao alcance da mão, *janela, micro-ondas, roupa*, pesado, tudo pesado. Depois os aparentemente mais vazios, *dentro, onde, qual* também se tornaram insuportáveis, atingindo em cheio diálogos bestas, *vai precisar do carro? Não.*

Quando não precisava do carro, voltava para casa num trajeto que passava pela esquina do açougue. O ônibus sempre parava, por algum tempo, naquele ponto. O pessoal descia, e ela olhava as carnes maciças suspensas, o peso abrindo um buraco nos ganchos. Tudo prestes a cair mas parado, o coxão duro resistindo à gravidade, como é possível expor um corpo daquele jeito, desmembrado e sangrento, a perna pendurada que um dia aprendeu a equilibrar o peso do animal recém-nascido ali pendurada — e os olhos do bicho? O que viram? Onde foram parar? Aprendemos a ter raiva e aprendemos a comer carne morta; assim, machucados, seguimos dentro dos ônibus nos trajetos para nossas casas, lugar onde as palavras não deveriam se espatifar com tanta força sobre os pés.

Ela olha as unhas atrás das tiras das sandálias, os dedos não parecem machucados mas doem; é engraçado como ainda ouve a pergunta pesada depois de tanto tempo, *tem alguma coisa pra comer?* Tem...? Não importa. Quando casada, descia um ponto antes só para pegar um pão na vendinha, uma caixa de espaguete, qualquer coisa que pudesse estar faltando, e não ter de responder *não sei, não fiz comida, não tem ovo, não tem nada,* os nãos eram demais, odiava nãos. E como se não quisesse chegar nunca, caminhava devagar, arrastando falas imaginárias, *oi, chegou cedo hoje.*

No dia em que não conseguiu voltar para casa, começou a manhã sentindo um vazio se mexer na barriga. Parece que sabia o que ia acontecer. Para não ter que topar com o açougue, tomou o primeiro ônibus para o centro. Era uma sexta e ficou dando voltas, vendo vitrines até bem perto da meia-noite; tudo brilhava livre, solto. Todas as coisas do mundo como uma totalidade, nada partido ou rasgado, querendo cair. A placidez dos objetos, as luzes, o cheiro dos plásticos; quis algo que nunca usaria, um lenço rosa-choque esvoaçante, leve. Quando colocou o lenço no pescoço, sentiu a barriga acalmar, aquele frio. Na semana seguinte, saiu de casa.

Ela desce do ônibus ainda olhando as unhas dos pés, parece que os dedos cresceram ou as tiras das sandálias que encolheram. Sua avó passou a ter pés maiores depois de velha, ela se lembra, a mesma avó que lhe dizia que as palavras têm alma. Deviam ter mesmo, porque depois que se mudou, elas pararam de pesar. Só que as coisas, tanto as que tinha trazido consigo como as novas, recém-compradas, começaram a existir por elas mesmas, desgovernadas. Não eram mais uma totalidade, brilhante, livre. Quando as coisas começam a achar que são alguém, elas ainda estão resistindo ou já começaram a se render à vida nova? Ela e as palavras tão bem depois desses meses e os objetos agora criando um mal-estar.

Em casa, o lenço rosa-choque a encara do fundo da gaveta, meio enganchado em uma roldana velha, as roupas socadas no fundo. Ela dá um puxão e ouve um clique, ou um pléc, alguma coisa se quebra, a porcaria da roldana da gaveta. O mundo soterrado sempre vem à tona, de tempos em tempos. Você pode construir uma cidade inteira sobre outra, cimentar nascentes, esquecer pedaços de gente em buracos fundos na terra por muitos anos. Um dia alguém achará a evidência de um corpo, de um povo, a inundação virá por debaixo dos carros nas avenidas. Um vidrinho velho de perfume se assusta com a mulher puxando o lenço inofensivo pelos cabelos, ele só quer permanecer enovelado à roldana, deixa eles em paz! Primeiro o vidro tomba, depois se espatifa.

A essência doce dos primeiros anos de casada invade o quarto, o olfato é uma maldição que sempre nos leva aos lugares em que estamos. Ela está ali. Os pés machucados pelas tiras das sandálias, as roupas maculadas pelo perfume. Dos tecidos inundados se desprende um odor que penetra nas narinas e atinge um grupo especial de células na porção mais interna do nariz, um grupo especial de palavras na porção mais negligenciada da memória. Tudo estava tão bem até que o lenço, maldito lenço, a casa agora tomada pelo fedor doce, os livros, os sapatos, as pontas dos dedos contaminadas, *oi, chegou cedo hoje. Tem alguma coisa pra comer?* Tem...? Não. Não fiz nada. Também não comprei álcool, nenhum alvejante, mas não ia adiantar limpar o perfume, tem de esperar.

Ela mira os objetos embaixo da inundação, tem vontade de passar uma tesoura no lenço, a roldana desmaiada entre as calcinhas, o vidro partido, as coisas falando demais. O jeito é fechar todo mundo no quarto com a janela aberta, esperar que o ar de fora se misture ao de dentro, que as partículas de cheiro queiram finalmente fugir para bem longe do frasco, depois de tantos anos libertas da opressão do vidro. Quem sabe encontrem um pedaço novo de pele, um destino.

Fecha a porta e deixa tudo lá dentro de castigo, tagarelando, hoje não vai limpar nada, resolver coisa alguma. Em vez de fazer o jantar, abre uma dessas revistas de caça-palavras, antiga e bem inútil. Circular o nome das coisas perdidas no emaranhado de letras, lápis, carretel, almofada. Até passar.

## Estamos nos acostumando

Do lado de fora, o muro muito branco, os detalhes verdes nas janelas e um gramado aparado sempre enganam os que passam. As cadeiras dobráveis encostadas nas paredes são uma possibilidade de brisa — mas estamos longe do mar, da areia, longe. Na manhã da revelação do envelope, nenhum de nós desconfiava que nos sentiríamos ainda mais longe de tudo.

Viemos num sábado, para não atrapalhar a semana dos filhos. Alguns foram trazidos no domingo, poucos vieram em outro dia qualquer. Preferiram nos trazer pela manhã, para que o dia não fosse tomado pela despedida, pelo alívio, por nossa imagem misturada às daquele lugar que agora seria nosso, aquela casa de ninguém, com quartos sem paredes.

Estranhamos a pouca distância entre as camas. A presença de outro corpo dormindo tão perto depois do tempo em que aprendemos a dormir sozinhos, sem maridos, filhos, bichos. Estranhamos o cheiro dos tecidos, dos corredores. E a maneira como passamos a nos olhar no espelho após tantos rostos estranhos no início, mas então subitamente parecidos. A espessura da pele, o tamanho das orelhas, os pelos duros, brancos.

Depois nos acostumamos.

Ocupamos os espaços que nos foram destinados, um banco no jardim, meio metro para a mesinha de cabeceira, um metro e meio de parede para fotos. Passamos a dormir cada vez menos, "envelhecer aqui é perder o sono", repetem os mais antigos.

As noites ficaram mais compridas, também os dias — as notícias repetidas nos radinhos de pilha tornavam os minutos da manhã (que começavam antes do sol, quando ainda estávamos debaixo dos lençóis) idênticos aos minutos da noite (que começavam depois do sol, quando já estávamos debaixo dos lençóis).

Custávamos a pregar os olhos se um saía para fazer um exame e não voltava, ou quando não abria mais os olhos e partia numa maca, "mas ele riu tanto ontem, contou uma história comprida", era o que dizíamos uns aos outros, principalmente se estávamos ali há pouco tempo. Os que estão aqui há mais tempo já não falam muito, acostumados às ausências, aos pertences daqueles que partiram e que ficaram até o fim à espera de alguém que os viesse pegar, de alguém do lado de fora que quisesse saber "ele riu tanto ontem, contou uma história comprida".

A cada três meses, dançávamos. Os que não conseguiam se colocar de pé, balançavam as mãos. De vez em quando um acontecimento, pessoas querendo conversar, uma carta. Ou telegramas, flores em aniversários.

E teve aquele dia. Um rapaz nem jovem nem velho veio para ver um de nós e restou mudo no salão principal, depois que soube que ele não estava mais entre nós. “Eu guardei uma coisa dele”, a voz de um dos nossos rompeu a cena, “ele não queria que esse envelope fosse parar nas caixas”.

Nos reunimos ao redor daquela revelação, um envelope. Quem nos visse de cima, ou de longe, diria, eles estavam hipnotizados, tomados; era como se fossem um só, que não quer perder de vista o que se mostra de alguém que não quis ser esquecido. “Ele não queria o envelope nas caixas”, repetimos.

Foi com gravidade que entregamos a revelação ao homem, com paciência esperamos que ele a abrisse, e com as faces quentes ouvimos, “é só o recibo de um café. 1941”.

Com que velocidade aquilo disse de nossas vidas e nada daquele rapaz que nos olhava, um café em 1941, a xícara quente com bordas douradas, as cascas de pão sobre a mesa posta, pães roídos sem fome depois dos cafés, a mesa do lanche às quatro de todas as tardes, o pano de prato com uma das pontas puída nos ombros da mãe, os ombros da mãe, a mãe, nesse ano fiz cinco anos, sete, dez.

Éramos um espetáculo em que há um coro.

Um de nós se desprendeu do bando e o gesto encorajou os demais; aos poucos deixávamos de ser uma massa, um grupo de velhos, para sermos novamente alguém com um nome, Juvêncio, uma profissão, Tomázia, um perfume de rosas, Joana, um recibo escrito à mão. E já que um espetáculo com coro é quase sempre uma tragédia, e tragédias não apresentam saída, um corifeu abriu os braços no meio do salão — o Mário, o seu Mário farmacêutico, oitenta e nove anos, ainda moço, começou a cantar em outra língua, a língua da mãe de Okinawa que tinha vindo em um navio em outro século, um episódio tão distante que ele tinha aprendido a esquecer a mãe, a língua da mãe, a canção que a mãe cantava quando ele era outra pessoa, uma criança pequena, faz muito tempo. Naquele dia, talvez pela comoção do envelope esquecido, ele se lembrou e cantou, tão discreto o seu Mário que ninguém cantou junto. Nenhum de nós sabia como.

A enfermeira da tarde apareceu guiada pela voz quebrantada e longínqua, e dissipou a confusão. O rapaz foi embora com o envelope, nós não. Naquela noite, alguns chorariam nos banheiros, menos por medo de serem esquecidos do que por não se lembrarem.

Mas no dia seguinte tudo voltaria ao lugar, pilhas dentro de radinhos, pés em sapatos engraxados, as unhas dos dedos coloridas, o sol às três da tarde, ferro, cálcio, vitamina D. Seu Mário voltou a se reunir com todos depois de uma semana recolhido, ninguém falou nada. Voltamos a nos sentar em grupos pequenos no quintal, ao redor do mato crescido que um de nós sempre arrancaria. Estamos nos acostumando.

# Autópsias

Usar algodão embebido em álcool por toda a extensão do rosto, pescoço e orelhas. Sobrancelhas depiladas, fios no comprimento adequado, cortar os que estão muito fora, pentear. Rímel incolor para fixação. Se necessário, usar lâmina de barbear, de cima para baixo, de baixo para cima. Verificar a tonalidade da pele para a escolha da base. Aplicar uma quantidade no dorso da mão, trabalhar com esponja ou pincel. Espalhar bem, rosto, pescoço, orelhas, só depois o pó. Espalhar de maneira uniforme. Para conferir o acúmulo de resíduos indesejáveis, passar um pincel, espanando.

As pessoas não gostam de resíduos, querem as coisas com começos, meios e pontos finais limpos, sem perturbações que digam que não foi bem assim, que não foi assim, não deve ter sido, foi? Eu sou essas pessoas. E esses resíduos, estou me misturando neles. Tem se tornado cada vez mais custoso não ter uma história sua depois de tanto tempo sem um desfecho, qualquer um, um final. Um corpo.

Em mil novecentos e sessenta e oito, eu tinha oito anos e a gente morava em uma casa no Paraíso, ela também não existe mais. Restaram algumas imagens que têm a ver com o que parece ter sido nela reuniões com pessoas sempre preocupadas, meu pai passando a mão no cabelo comprido, o olhar fixo na janela. A banheira cheia de livros se desfazendo embaixo d'água. *Pai, o que você tá fazendo com os livros?* As mangas molhadas da camisa azul do meu pai. Meu pai. Você é a única coisa dessas imagens todas que pareço ter inventado. *Filha, seu pai não estava mais com a gente naquele dia, não deu tempo, fui eu quem destruiu os livros na banheira.*

Uma maneira boa de se livrar de livros é esquecê-los numa banheira cheia. Queimar chama atenção, rasgar não impede que as folhas possam ser lidas. Debaixo d'água se foram as dedicatórias nas folhas de rosto, as datas por extenso embaixo do seu nome, a caligrafia redonda, mil novecentos e sessenta e quatro, o rastro de uma caneta azul, mil novecentos e sessenta e cinco, o sobrenome sempre abreviado, uma letra, um ponto,

G.

Mil novecentos e sessenta e seis, sessenta e sete, sessenta e oito.

Um corpo que se perde debaixo d'água também tem boas chances de nunca mais ser recomposto. A pele precisa ser manuseada com precisão, um gesto impensado faz com que ela dance sobre o osso, queira se romper. Não consigo fazer seu rosto caber em nenhuma história, pai, uma que me diga o que aconteceu, que me fale do dia em que você não voltou, do dia em que nos mudamos da casa no Paraíso e passamos a usar o sobrenome da mãe. Mesmo assim, coloco você debaixo d'água com seus livros, a pele enrugando devagar, você se movendo como se caísse em câmera lenta, os cabelos compridos, castanhos, sempre presos num rabo de cavalo. Em mil novecentos e sessenta e oito, você desapareceu.

Quase sessenta anos depois, limpo rostos como se fizesse um mal, tem coisas que deviam ficar. Mas isso não funciona quando se trabalha com o que trabalho. É parte dos meus dias limpar tudo o que for suspeito, oleoso, manchado; lidar com as sujeiras visíveis (as partículas indecifráveis, cascas, gotículas de sangue) e as invisíveis (germes, fungos, micróbios).

O ritual da limpeza em casa: chegar do trabalho, tirar os sapatos no corredor, as roupas na lavanderia, enfiar tudo no tanque, guardar a maleta de maquiagem ao lado dos produtos de limpeza. Tirar a roupa ali para me limpar; quando limpa, me deitar e deitada, dormir. Ou tentar. No dia seguinte, as mesmas manhãs; o uniforme da véspera rodando na máquina, e eu, roupa branca, tomando café.

A pessoa que sou trabalhando tem de me abandonar se eu quiser dormir, mas não funciona sempre. Cuidar dos rostos de desconhecidos, costurá-los, inventar um pai, um percurso mesmo que improvável, me convencer, alinhavar tudo como se eu fosse outra pessoa. Alguém que perde um dos nomes e de repente tem muitos segredos, alguém que não vai saber, que vai sempre inventar uma cena, você se despedindo, a despedida que não aconteceu. Você pede para que eu coma toda a comida do prato e abre a porta da sala; invento uma pergunta nunca feita, *pai, traz alguma coisa da rua?*; te coloco em uma banca de jornal escolhendo uma bala ou uma revista em quadrinhos, então uma chuva torrencial arrasta você para um canal — seria possível? Uma morte assim, um desastre? Um fim encadeado, uma cena na outra, a tragédia final.

*Seu pai morreu afogado?*

*Não, não, respondo, ele sumiu, pessoas estão sumindo, você não sabia?*

Era difícil seguir o que estava no roteiro, "meu pai está no interior"; contar a mentira combinada, "foi cuidar do sítio da família"; não mencionar o que ele estudava, "ele volta no fim do ano", nunca dizer seu nome, "Luiz Carlos".

É negando tudo que volto a ver você, seus cabelos compridos, sumindo em uma esquina. Você quase se vira para mim, mas. Do corredor, um barulho me desperta. Volto à sala: homem branco, cinquenta e cinco anos. Causa da morte, afogamento.

Tomo um copo d'água, esfrego o rosto.

Não tenho problema em cochilar na frente deles, mas hoje seria bom terminar logo, chegar em casa, dormir, tentar. As histórias que os corpos me contam são tão melhores que as minhas, tão possíveis, tenho sonhado com elas, apagar seus vestígios dá trabalho. Não tem como não pensar sobre um vergão que se demora em um rosto, mesmo debaixo de muita base. Eu podia não pensar nisso, mas não posso com essas histórias que se parecem demais uma coisa podendo ser outra. Elas têm me bagunçado o sono. Passo o algodão embebido em álcool em todo o rosto, orelhas, pescoço.

Nunca me assombrei com cadáveres, gostava deles. Quem nunca conseguiu enterrar alguém que perdeu sente isso? Um amor às coisas oficialmente mortas? Se bem que agora, mais velha, sempre que encaro um rosto sem vida, me incomodo. Ele pode revelar qualquer coisa minha sem que eu perceba, uma história possível. Ou pior, uma história real. Espano os resíduos com pincel, me certifico dos olhos bem fechados, sustentar um olhar é difícil. Uso *super bonder*. De olhos colados, pronto, é você quem dorme agora, homem branco, cinquenta e cinco anos. Passo a base enquanto você segue morto. Tento falar com você, oi, estou cuidando da sua maquiagem, você não faria um favor pra mim enquanto isso? Vê se acha aí debaixo d'água um homem de cabelos compridos, castanhos, nadando em sua direção. Achou?

*Não consegui me esconder*, meu pai conta para você, *não tinha por onde escapar. Deixei tudo limpo, me livrei dos livros, dos documentos. Elas vão ficar bem. Espero que me esqueçam, espero que se lembrem de mim.*

Uso a lâmina de barbear debaixo para cima,
mil novecentos e sessenta e oito,
de cima para baixo.

Você é vinte anos mais velho do que meu pai em sessenta e oito. Hoje sou trinta anos mais velha do que meu pai naquele ano. Nunca mais parei de fazer contas, ele tinha vinte e cinco.

Agora sim, você parece que dorme. Penteio as sobrancelhas, alguns fios são brancos, a morte chegou antes que você envelhecesse de verdade. Deixo que a cicatriz funda na testa não suma para que alguém, um irmão, se lembre de quando você caiu aos quatro anos e bateu a cabeça na quina da mesa. É por isso que você tem essa marca na testa, homem branco cinquenta e cinco anos? Acertei?

É exatamente assim, como se dormisse, como deve ser. A ilusão do sono de vocês toma muitas horas do meu.

Termino de acertar o comprimento das sobrancelhas, corto os fios compridos demais. Passo o pó, vou me esquecendo da história que te invento, acerto a cor da pele, você debaixo d'água, um pouco de *blush*, você fala comigo como se soubesse do meu pai. Passo fixador, o lápis para pintar a sobrancelha é marrom-claro, os mortos conhecem as histórias uns dos outros, foi por ali que ele seguiu, tudo deve ficar suave, você consegue ver?

Não, não consigo.

Nem ninguém conseguirá dizer, quando termino de maquiar seu rosto, do tempo que você ficou debaixo d'água.

# Miragem

# Eco

## I.

A tireoide fica na parte anterior do pescoço, abaixo do pomo de adão, e tem a forma de uma borboleta. Essa glândula artrópode alada tem entre quinze e vinte e cinco gramas e secreta os hormônios que mantêm meu sistema nervoso, meu intestino, meu coração, meus ossos, meu metabolismo, meu peso. A minha está inchada e com certeza pesa bem mais.

Na fila da farmácia procuro o oráculo, a moeda esquecida no fundo difícil da bolsa. Seria bom conhecer a sorte antes de chegar minha vez no caixa. Se coroa, faço a tireoidectomia; se cara, compro um desodorante.

A irritação com a demora, que não cai bem com o desejo de postergar minha vez, deve ter a ver com o desequilíbrio dos hormônios TSH, T3 e T4. Minha mãe tirou a tireoide, minha avó deve ter tido a tireoide aumentada.

Nas imagens mentais que ainda guardo delas, vasculho alguma que revele os sinais do bócio. De longe não noto bem as silhuetas, de perto não consigo saber se tem alguma moeda na bolsa. Além de míope, a vista cansada, meus olhos devem estar sendo afetados. Como serei vista agora, como não notei o inchaço no pescoço, como serão as tireoides alheias. Como é possível não ter uma moeda.

## II.

Quando veio para São Paulo, minha mãe tinha uma maleta dura, verde e com bolsos de cetim, dentro deles guardava fotos em preto e branco dos irmãos mais novos, um colar dourado muito curto que não usava por não gostar que lhe apertassem o pescoço, o único documento e um vestido vermelho quadriculado que herdei aos quinze anos.

Começou a trabalhar na perfumaria de uma farmácia ao lado do Theatro Municipal. À noite, na pensão, perdia um tempo olhando a rua, imaginando palavras que se opusessem a talco, perfume e sabonete, como lâmina, graxa e parafuso — não porque se interessasse por lâminas e parafusos, mas para não se acostumar a perfumes e sabonetes. Queria sair da farmácia, fazer um curso de enfermagem, algo mais próximo à medicina de que tinha desistido antes de imaginar o tipo de médica que seria. Dermatologista.

Atiro para cima uma moeda que não existe — se der cara, minha mãe fuma um cigarro na janela; se coroa, a dois mil setecentos e cinquenta e oito quilômetros de distância da filha, minha avó pensa se foi uma boa ideia deixá-la partir.

## III.

Eco era uma ninfa conhecida pela beleza, vivia em grutas. Imagino o destino mineral dessa figura desde as pedras, como se as cavernas duplicassem sua mudez, a condenação à repetição, às coisas endurecidas. "Aquela que não sabe falar em primeiro lugar, que não pode calar-se quando se fala com ela, que repete apenas os últimos sons da voz que lhe chega."

A descrição é assombrosa. Repercute qualquer coisa, um timbre, a sílaba, o engasgo de uma fileira longa de mulheres; a voz roubada, a ausência de voz, uma voz que falta.

Depois de alguns anos trabalhando mais do que achava na farmácia, sem tempo, recursos ou disposição para o curso que queria fazer, minha mãe começou numa loja de materiais hospitalares. Ganhava pouco mais, continuava apenas com uma cama e sem um quarto inteiro, mas estava perto das coisas que a fascinavam. Estetoscópios, oxímetros, desfibriladores eram muito mais sonoros e magnéticos. Se soubessem que gostava do cheiro dos remédios e do álcool da salinha dos fundos, teria talvez auxiliado o farmacêutico nas injeções, mas não ousava se oferecer. Quando contratada, tinha sido instruída a permanecer no balcão da entrada — como era bonita, ajudaria a vender cosméticos, chamar clientes. Aos poucos, sem perceber, foi se enfeando, desaparecendo.

Na janela, fumando o cigarro antes de se deitar, minha mãe vai se esquecendo de que, na passagem para a adolescência, se parasse muito tempo diante do espelho, ouvia dos irmãos mais velhos, *Tá olhando o quê? Tá se achando bonita, Olivia Palito?*

## IV.

Encarando a prateleira vibrante de antitérmicos e analgésicos, acho uma moeda no chão, a moeda fatal. Fecho a palma e sinto seu tamanho, a textura, o peso. Vinte e cinco centavos e dourada, talvez confiável. Se fosse um euro, um peso argentino ou uruguaio, quem sabe. Estaríamos em terreno noventa por cento seguro se fosse um dólar. Aprisiono o oráculo desconhecido na mão, sem coragem de jogá-lo para cima e saber minha sorte. Não quero operar.

Na fila de pessoas com sacolinhas, aspirinas, fraldas e antialérgicos, começo a sentir repulsa pelas predições. Envelheci. Estou menos alta, mais inchada, meus joelhos caem para dentro. Minha sombra murchou, desapareço dentro dela. Para aliviar a tensão nas costas, estico o pescoço — esse que contém o osso hioide, a faringe, a laringe. As artérias, o plexo cervical. A operação pode afetar as cordas vocais, deixar minha voz esganiçada. Uma mulher com a voz estridente é uma mulher respeitável? Como era a voz da Olivia Palito? Tento me lembrar da minha mãe falando, *esquece essa coisa de profecia, não pensa demais*, mas o que ouço é a minha própria voz repetindo, *profecia, demais*.

Sou diferente da minha mãe, não sei com quem me pareço.

## V.

Quando minha avó morreu, acho que eu tinha dez ou onze anos e estávamos muito longe. Minha mãe já era esteticista, trabalhava de branco e suas clientes se deitavam em macas.

Eu não tinha mais uma imagem nítida da vó. Sabia dos cabelos longos, escuros, que quando sorria não mostrava os dentes.

Minha mãe e eu viramos a parte mais distante da família, éramos as ondas mais fracas em relação ao centro, onde a pedra é atirada; na beira do movimento, já na areia, não tínhamos como retornar. Fomos absorvidas pela terra.

## VI.

Muitas galinhas foram degoladas pela minha avó. A casa se impregnava com cheiro de penas e medo, ela cozinhava as bichas em seus sangues, nunca consegui olhar para um desses animais sem culpa. Minha mãe chupava os pés cheios de cartilagem com os cotovelos apoiados na mesa, e eu arrastava o arroz de um lado para o outro. Fingia engolir, sentia dó da galinha, da comida largada no prato.

A casa da avó era térrea, de cara para a calçada, e ela nunca ficava na janela — e se os vizinhos achassem que estava perdendo tempo? Mesmo depois que os filhos foram embora e ficou viúva, evitava qualquer imagem de si à toa. Para se lembrar da filha que tinha partido muito cedo, da filha com uma filha e sem um casamento, minha avó escolhia o quintal onde ciscavam as galinhas. Que coragem a dela.

## VII.

Vamos carregando nossas mães, as mulheres pré-históricas, as galinhas, que são pré-históricas, os milhos que elas comem e os insetos entre os milhos. Aquilo de que os insetos se alimentam. Também as pedras e as ondas, a porção exata de hormônios no sangue e o tamanho dos pescoços. Tudo encalacrado, sem que a gente perceba. Nossas silhuetas feitas de pessoas que não vamos conhecer.

Do lado de fora da farmácia, uma mulher muito antiga na calçada faz um movimento impenetrável com as mãos. Amassa com força um objeto maciço que não existe, ou os vazios entre os dedos, esfregando as palmas. A moeda endurece e começa a pesar nas minhas mãos. O que ela quer destruir com aquele gesto? Abandono o sabonete numa estante, a fila, as histórias que me perseguem nela, fujo para a calçada.

Como se soubesse de mim, um pouco de mim, a mulher antiga para de amassar a coisa macia que não sou capaz de ver e estica as mãos na minha direção: *olha.* E me diz alguma coisa: *tá vendo isso? Quer? Faço baratinho.* Quero muito.

Atiro a moeda para cima sem medir bem a força, ela quase entra em órbita. No entanto, há uma lei a que estamos sujeitos, e ela cai. Espio: coroa. Mas o oráculo agora é dela, *toma.* Estico a moeda dura e, em troca, a mulher deposita em minhas mãos algo vivo e macio.

# Um hipopótamo desaparece

Fazia tempo que não viajava sozinha. Que não viajava com ninguém. Meu marido não se animava mais, para ele tudo era caro, sempre caro, nenhum lugar interessante. Hoje tenho certeza de que ele já tinha vontade de sumir.

Pela janela, o acostamento, as árvores e o céu começavam a ficar indistintos, tudo borrado de cinza. Ainda estava me acostumando ao ônibus. Não sou boa em jogar conversa fora, ainda mais com quem não conheço. Tinha esperança de que na estrada as pessoas quisessem ficar olhando o lado de fora correr para trás, o acostamento, o céu, as árvores entre. Mas o rapaz emendou mais uma pergunta.

"E o que ele faz?"

Fiquei um tempo olhando meio de lado para uma pinta em seu rosto, uma daquelas pintas gordas que costumam ter pelos. A dele não tinha e era da cor da pele. Acho que notei a pinta bem nesse momento, porque, como estávamos lado a lado, não estava olhando para ele; além disso, encarar alguém pode ser um erro.

Nunca tinha feito aquilo, decidir um destino, comprar a passagem, não avisar ninguém. Mas depois que tudo aconteceu, não conseguia mais ficar em casa, viver o rumo dos dias, observar as pessoas em suas vidas. Não após choque, a dúvida, ele vai voltar, vai? Não. Ele partiu sem avisar, ele não morreu, claro que não, só foi embora. Sumiu. A forma do corpo na cama desarrumada, alguns fios castanhos na escova, a roupa de corrida no cesto, o xampu sempre meio aberto daquele jeito, *você nunca fecha direito a tampa do xampu, e tem jeito certo de fechar xampu, tem, é só forçar até o clique, não tem nada de clique, tem clique sim*, é claro que tem, mas e daí?

Uma pessoa que está lá e depois não está, mágica. Como quando ficamos um tempo olhando o céu e achamos a forma perfeita de um hipopótamo; ela está lá, ela está lá, você quer compartilhar aquilo, achei um hipopótamo nas nuvens. Estou apaixonada. Você olha para o lado para ver se tem alguém olhando também. Não tem. É o que basta para o hipopótamo ir embora. Fez um ano hoje.

"O que ele faz...?", repeti a pergunta, tendo tempo de olhar um pouco mais a pinta camuflada no rosto do rapaz. Era um rosto quase bonito o dele, não fosse a pinta. Não queria falar nada, não sei por que abri a brecha, a boca. Também não entendi bem a pergunta. Quando a gente fala para um desconhecido numa viagem sobre o marido, sem dizer "ex-marido" por precaução, preguiça ou medo; quando a gente conta a história de uma amiga que se separou para não dizer "meu marido foi embora de repente"; quando dizemos que relacionamentos são difíceis em vez de confessar que fomos abandonadas. Uma coisa sobre a outra, sobre a outra, a outra. Um elefante no lugar do hipopótamo, no lugar de um anjo, de uma flor. Nada sobre o nada.

"Ele é mímico."

"Mímico?"

"É. Quando a gente se conheceu, ele tinha acabado de voltar de uma viagem, tinha estudado numa escola de mímica meio importante. Ele fazia almoços imaginários e dirigia carros invisíveis. Queria ser ator, virou professor de teatro. Mas depois nem os alunos se interessavam mais. Por mímica. A não ser nos exercícios de fé cênica, tem isso no teatro, sabe. Ter as aulas para acreditar. Ele era um bom professor, mas quando perguntavam o que ele era, dizia: sou mímico."

Ele me olhou espantado, pareceu espantado, ou era eu quem me assustava com minha indiscrição; senti o pescoço molhado, a testa quente. Desviei da pinta para a janela, como se nada estivesse acontecendo, como se não tivesse acabado de confessar, "ele foi marido, não é mais, ele descascava laranjas que não existiam, a casca caindo em espiral de um lado, a faca afiada sobre a fruta de outro, ele nunca teve medo de nada, ele foi embora."

"Nossa, legal, nunca conheci um mímico."

A resposta parecia colocar fim naquele papo. Eu não ia perguntar nada. Estava cansada.

"E você? Faz o quê?", ele não desistia.

"Sou professora de química."

As pessoas não têm lembranças de suas professoras de química. Depois de um tempo tendo certeza de que meu marido tinha sido raptado, percebi que ele foi embora porque quis, do jeito que sabia. Desaparecendo.

O ônibus desacelerou e passou por uma lombada, duas. Nos aproximávamos de um posto policial; a fila de carros se movia para a pista da esquerda.

"Nunca passei por uma fronteira. Nem saí do país."

Nem eu, quis dizer. Um jeito de não se atrapalhar é ficar quieta. Atravessar uma fronteira era um modo de continuar; pegar um ônibus, passar por uma linha que não existe mas existe, ficar um tempo misturada com gente que não conheço e que não vou conhecer direito, gente que nunca vai saber. Mesmo que eu fale. O ônibus agora andava a um por hora, todo mundo na pista única.

"Você decidiu tirar umas férias, é isso?"

Podia mentir, falar qualquer coisa.

"É, isso. Umas férias."

Teria sido uma história e tanto, mas, como disse, não sou boa nisso.

Ele se virou para a janela. A fronteira bem ali, poucos metros. O outro lado, a outra língua, a promessa do esquecimento quem sabe, por um tempo. Estiquei as mãos espremidas no colo procurando um gesto, estavam rígidas. Virei a palma direita para cima, depois para baixo, o que precisava agarrar, a bituca de um cigarro? Uma lente de contato? Fechei a tampa imaginária de um xampu, *clique*. Não era isso. Queria uma coisa pequena com a ponta dos dedos, talvez aquela pinta dele. Uma boia. Ninguém me via.

"Opa, o ônibus parou. Parou?", ele colou o rosto no vidro. "Acho que tem alguma coisa no caminho." Me aproximei, começava a ficar escuro. Pelo reflexo, seu rosto não parecia ter nenhuma pinta. "Parou mesmo. O que será?" Tão perto do outro país, mas ainda deste lado, a sombra das coisas no lugar das coisas.

Continuei olhando pela janela; uma história futura do lado de lá sobre a qual não sabia nada, fragmentos de uma vida traçada, mas ainda não vivida. "Ah, é a imigração, é pra descer." Conferi a foto já velha do meu rosto nos documentos, a substituição da gente pela gente mesmo pode começar dentro de um ônibus, antes dos postos de imigração. Do lado de fora uma fila de pessoas se formando, tudo meio igual, nuvem, nuvem, nuvem. "Ih, olha lá, será que chove?" Umas poucas lascas de sol ainda no céu, tiras de uma fruta mal descascada que se dispersavam para dar lugar a uma massa escura, a noite, uma tempestade. "Não queria começar a viagem com chuva." Ele se preocupava demais com pouco, era a idade. "Não vai chover", falei. E é claro que ia, mas e daí? Não sei o que me deu, uma leveza repentina nos braços, uma vontade de rir, ofereci a ele um xampu imaginário. "Pega." Ele não entendeu nada, nem eu. Mas me certifiquei de que a tampa estivesse bem fechada, *clique*. "Adivinha o que é isso na minha mão." Ele não enxergava o frasco, já estava escuro, eu não conseguia ver direito sua reação. Segurei a risada dos meus braços já mais soltos, começava a gostar de estar chegando. Acho que ele entendeu e sorriu, e porque ele sorriu também sorri, "é de beber?". Podia ser. Tínhamos ainda uns minutos na fila.

# Pra dentro da estrada de terra

Escurece rápido, e a mulher ainda tem muito chão até chegar em casa. *Pra dentro da estrada de terra caminho com ela*, ela repete para fingir que não anda só, que não vai andar sozinha por mais duas horas.

Tem sido assim desde o início do ano, o ônibus ou o café e, ainda que desse preferência ao transporte, naquela manhã sentiu algo, alguma coisa no corpo falhar. A caminhada da ida ao trabalho mais comprida (não comeu nada antes de sair) e a decisão do café no lugar da passagem de ônibus. Pronto, agora é fim do dia e ela está ali, a duas horas de casa mais uma vez, enquanto calcula: se vinte passos couberem em *pra dentro da estrada de terra caminho com ela* dito sem pressa e em voz alta, chega às sete e quinze, sete e dez. No dia seguinte, promete a si mesma, será a passagem. Tem de ser a passagem.

Repetindo *pra dentro*, para não sentir medo *da estrada*, a mulher olha a paisagem de terra ser abandonada pelo sol. O que é de um jeito é depois de outro, como quando saímos de um túnel longo e as retinas se crispam de luminosidade, caminho com ela. Quando era pequena e a família maior e havia um carro na garagem, eles desciam para Santos nas férias de julho. O desafio era prender a respiração nos túneis, segurando o ar enquanto a luz do lado de lá não invadisse as janelas. Ali aprendeu que, para não se distrair, precisava pensar em um fio muito extenso de acontecimentos, ou contar de trás pra frente começando por um número alto, trinta, vinte e nove, vinte e oito, vinte e sete; os algarismos como guizos na linha que desse no fim do caminho, sinalizando a chegada. Nunca conseguiu atravessar a escuridão até o final sem respirar.

Isso faz muito tempo.

Mas agora é diferente, ela deve chegar antes que a luz vá embora. A mulher se alarma toda vez com o sol que parte sem aviso e, no meio de um pensamento sombrio — *e se eu precisar correr com essas sandálias?* —, ela se volta para trás, vai que um bicho, vai que um homem, sempre a sombra é sempre de uma vez. Acelera a fala e o passo, que coisa o dia querer acabar antes da hora, justo hoje o dia cansado já depois das cinco; mas não ando só, ela dispara, não vou só, ela anda comigo!, e o calcanhar estala seco nas sandálias, fazendo a frase se quebrar, *pra terra dentro eu com a estrada* — e em vez de andar agora ela corre. Mesmo sem saber de quem foge, para onde, nem bem por quê, mas vai que. Na cabeça *caminho com ela* e no corpo *pra dentro da estrada* ela se lança, engolindo o ar. Como se a rua fosse um túnel com uma promessa, naquele ponto luminoso em que o asfalto termina. Ou quem sabe seja um poste piscando, mesmo que fosse um vagalume, se Deus quiser será um ônibus, dá-se um jeito, os faróis ligados, de pagar, dentro dele há de ter uma mulher e ela lhe estenderá a mão, *aquilo é uma menina correndo?*

Aproxima o nariz da janela e diminui o espaço em volta dos olhos tentando o foco, quebrando as linhas da testa; na idade dela, para ver mesmo tem que forçar o globo ocular, apertar o rosto para dentro. A mulher que espreme a face no ônibus não pode ouvir aquela outra, sua respiração curta, o medo no corpo alvejando o joelho, o pé espalmando a terra. Não ouve nem a frase estilhaçada *dentro estrada ela com eu*, mas intui que ela faz barulho enquanto corre.

Tudo o que pode ouvir é um zumbido. Tem sido assim desde o início do ano, um *zuuum* na cabeça chiando, uma lembrança arredia.

Quando era pequena e seus ouvidos bons e ainda frequentava a escola, considerava os gizes instrumentos de tortura. Eles eram arrastados pelo professor na lousa até que se partissem, criando palavras que jamais conseguiu aprender direito; o zunido tomava conta de tudo, de todas as vozes, dela também. E agora, velha, a coisa voltava, um pouco mais longe e mais grave, dentro do ouvido e tão malcriado quanto. Ou melhor, mais. Mais chato, odioso, o chiado na frente de tudo, um pouco como as palavras que não conseguiu aprender, uma cerração sobre as coisas práticas. E agora, quando aperta os olhos e vê a moça correndo assim, nesse *zuuum*, tudo parece mais urgente, se Nossa Senhora quiser não é nada, mas vai que — e então ela grita, motorista, acode! Tem uma menina ali, bem ali, vindo pra cá!

Só que o motorista não subiu ainda. A velha olha para os lados, nada. Ninguém se move. Se soubesse usar o volante e os pedais, se tivesse coragem de girar as chaves largadas na ignição. É só uma menina, assim de longe parece uma menina; de qualquer modo, todas são meninas para ela, que é uma velha bem velha. Até ela, a velha, acha que ainda há poucas horas ela mesma parecia uma menina. Assim é o tempo. Começamos a envelhecer com velocidade cada vez maior depois que atravessamos certa idade e de repente, pronto, velhas, muito velhas, cada vez mais.

Ela se lembra quando tinha aquela força ali, aquela agilidade, aquela gana de se salvar sempre que teve de sair em disparada, quando era preciso fugir e tinha joelhos para isso. Tudo naquela idade era rápido, menos os anos.

Mas já que não aprendeu a dirigir, que nunca pôde (e ninguém levanta a bunda da cadeira); já que a ignoram porque agora é cada vez mais velha e lenta e meio surda, ela, força contrária, não vai ignorar aquela outra mulher. Nem o próprio desejo, que é, nesse momento, se levantar e ir em sua direção. Fazendo o triplo do esforço que sempre faz para se pôr em pé, não quer titubear, a velha se ergue com força, fazendo com que as veias dos pés pulsem — como quando podia e havia tempo, como quando corria, o coração aos saltos. Ela caminha na direção da porta, desce como pode os três degraus rumo ao lado de fora e levanta os braços, um farol, *ei!*

E anda. A estrada um mar bravo e ela o sinaleiro. A velha acena, os fachos de luz nas pontas dos dedos enquanto caminha. Mesmo que possa ser um vaga-lume. Talvez um poste piscando. Ela arrasta as chinelas determinada, a esquerda, a direita, a esquerda. E estende a mão murcha de veias, *aqui!* Ela me vê? Por sorte sim, por sorte será mais do que esse zunido, *aqui! Pra dentro da estrada de terra!*

# Temas para um conto silencioso

1. *A gaivota* é montada pela primeira vez em 17 de outubro de 1896, em São Petersburgo. É um fracasso, Anton Tchekhov deixa o teatro sem se despedir. Dois anos depois, os diretores Stanislavski e Danchenko a levam ao palco pela segunda vez.

2. Quatro anos antes da primeira montagem da peça, Tchekhov escreve uma carta a seu editor: "O pintor Levitan está passando uns dias no meu sítio. Ontem, fomos à zona de caça. Levitan disparou e uma ave, ferida na asa, caiu num charco. Eu a levantei. Tinha um bico comprido, olhos grandes e pretos. Olhava para nós, espantada. O que podíamos fazer? Levitan fechou os olhos, me suplicou, 'Por favor, esmague a cabeça dela com a coronha do rifle'. Respondi que não."

**3.** Em nada, na segunda montagem d'*A gaivota*, foram percebidas divergências entre os diretores. Mas nas cartas entre eles vê-se que discordavam em muitos pontos.

**4.** Na peça, há uma criatura fascinante. Nina.

**5.** Nina é uma personagem que parece ter sido inspirada em uma mulher chamada Lidija Mizinova, a Lika. Ela teve um relacionamento passageiro com Tchekhov e se sentia muito ligada a ele. Ele não. Para provocar ciúmes no escritor, Lika se envolveu com seu amigo, o pintor Levitan — o mesmo que havia pedido que Tchekhov matasse a gaivota com a coronha do rifle.

**6.** Na carta enviada ao editor, em que fala da ave abatida, Tchekhov prossegue: "Levitan contraía o rosto e suplicava, 'esmague a cabeça dela.' A galinhola olhava para mim, espantada. Tive de obedecer. Enquanto dois imbecis voltavam para casa e sentavam-se para jantar, havia uma criatura fascinante a menos no mundo."

**7.** O principal desacordo entre Stanislavski e Danchenko na segunda montagem d'*A gaivota* diz respeito à construção do *silêncio* em cena.

8. Uma busca por palavras análogas a silêncio: quietação, remanso, sossego, placidez, tranquilidade, mansidão, quietude, quietismo, serenidade. Alguns verbos, derivações: silenciar, estar silencioso, reinar silêncio, emudecer, parar, calar, guardar silêncio, ficar quieto, não dizer palavra, tapar a boca, recolher-se aos bastidores, às coxias, ao fundo do palco.

9. Pontos preciosos dos planos de montagem da peça aparecem nas cartas entre os diretores. Algo da rivalidade entre eles também. Quase nenhuma carta registra a rivalidade entre Levitan e Tchekhov, mas se sabe que o pintor ficou um tempo sem falar com o escritor, depois de Tchekhov ter publicado um conto em que Levitan disse ter se reconhecido. Aparentemente, nesse conto, Lika também aparece.

10. Logo no início da peça, Nina apresenta um monólogo escrito por Trepliov. No enredo, Trepliov é um escritor jovem, apaixonado por ela. Ele a perderá para Trigorin, um escritor mais velho, com quem Trepliov rivaliza também pelo modo como entendem a escrita. É sobre o silêncio desse monólogo que Stanislavski e Danchenko divergem.

11. O monólogo: "Homens, leões, águias e codornizes, cervos galheiros, gansos, aranhas e habitantes das águas: peixes silenciosos, estrelas do mar e tudo o que o olho

humano não pode ver — em suma, todas as vidas, todas as vidas que, tendo completado seu triste ciclo, se extinguiram... Há milhares de séculos a terra não carrega em sua superfície nenhuma criatura viva, e essa pobre lua acende seu farol em vão."

**12.** Em dado momento da peça, mais ou menos no meio dela, Trepliov mata uma gaivota e a coloca aos pés de Nina. "Hoje fui infame o bastante para matar essa gaivota."

**13.** "Não tenho muitas novidades, caro Stanislavski", diz Danchenko, em carta de 2 de setembro de 1898, dois meses antes da estreia. "Recebi seu plano dos três primeiros atos d'*A gaivota*. O senhor se importa se eu não colocar em cena certas coisas? Boa parte delas é incomparável. Coisas audazes, que dão vida à peça, mas que, na minha opinião, quebram um pouco o tom geral e vão contra a sutileza da atmosfera. Entenda: *A gaivota* foi escrita com tinta delicada e exige, no meu entender, grande cuidado na encenação. Há momentos que são inadequados para distrair a atenção do público, excitando-o com algum detalhe da vida cotidiana. O público é sempre tolo. O senhor tem de tratá-lo como uma criança. Tomemos, por exemplo, o 'coaxar dos sapos' durante a apresentação da peça de Trepliov. Quero justamente o oposto, o completo e enigmático silêncio."

**14.** Onde está o silêncio? O que encobre? O que revela? Como silenciar uma narrativa usando palavras? Nos contos de Tchekhov quase nada *parece estar* acontecendo. Um tom menor domina as cenas (ou uma *tinta delicada* é usada, palavras de Danchenko). A história vai desacontecendo, ou reacontecendo, do pequeno para o grande.

**15.** Alguém que tenta contar uma história. Alguém que não tem ninguém para quem contar sua história. Uma história sem história.

**16.** "Considere isto", responde Stanislavski, oito dias depois da carta de Danchenko, "coloquei sapos durante a cena da apresentação da peça para *criar um silêncio total*. A tranquilidade é convencionada no teatro não pelo silêncio, mas pelo ruído. Se o senhor não preenche o silêncio com ruídos, o senhor não pode criar a ilusão."

**17.** A ilusão do vazio. O silêncio como uma presença, com um corpo, um coro. Penso na granulação de filmes pouco sensíveis em condições limitadas de luz gerando imagens que estão e não estão ali, cheias de espaços dentro delas, pequenas *eternidades* entre os grãos, mas que nos lembram da fuga daquele instante único, sem condições de se repetir.

**18.** Lika não ficará com Levitan, Tchekhov se casará com a atriz Olga Knipper. Lika terá um destino semelhante ao de Nina na peça. Tudo em Nina parece vivo, agitado, ruidoso, mas há nela um estrondo sem som.

**19.** Stanislavski não quer abrir mão dos ruídos em cena, mas sabe que Danchenko não é fácil de dobrar. "Talvez eu esteja errado. Seria uma vergonha se o senhor alterasse seu próprio plano para se prender ao meu", ele escreve, quiçá sugerindo o exato oposto. "Talvez devêssemos questionar qual plano é o melhor."

**20.** Os grãos que agarram o tempo e mostram sua fuga em uma fotografia são chamados de areia ou pixels. Também são conhecidos como *ruídos*.

**21.** Não se sabe como se deu a construção do silêncio na montagem. Ou melhor, eu não sei; não achei registros. Mas o que quer que tenha sido feito, funcionou, os aplausos seguiram por muito tempo depois que o pano caiu. A peça foi um sucesso tão grande que Danchenko escreveu para Tchekhov às dez para uma da manhã daquele mesmo dia. "O público exigiu que um telegrama fosse enviado a você", ele disse, "quando souberam que o autor não estava presente".

22. Nina encontra Trepliov em sua cena final. "Vamos nos sentar um pouco, sentar e conversar." Ela é agora pura contenção, uma força centrípeta buscando refúgio dentro das roupas, do próprio corpo. "Mudei muito?", ela pergunta. "Está mais magra, seus olhos ficaram maiores." Apesar do represamento, ou por causa dele, as palavras de Nina correm pelo espaço esbarrando umas nas outras, em Trepliov, nela mesma.

23. "Sou uma gaivota. Não, não é isso. Um dia — você lembra? —, você matou aquela gaivota. O acaso trouxe um homem que viu uma gaivota e a destruiu por enfado, falta do que fazer. Tema para um pequeno conto. Mas não, não é isso. Do que eu falava mesmo? Ah, sim, falava do teatro."

24. A imagem de uma gaivota virou o símbolo do Teatro de Arte de Moscou.

25. Stanislavski morre em agosto de 1938 e Danchenko, menos de cinco anos depois, em abril de 1943. Tchekhov morre em 1904 e Levitan, quatro anos antes dele. Na peça, Trepliov se mata. Minha sensação é de que Nina não viverá muito mais depois disso. Lika viveu mais trinta e três anos depois da morte de Tchekhov. Não imagino como tenham sido esses anos.

**26.** A parceria entre o Stanislavski e Danchenko é intensa e eles seguem montando os textos de Tchekhov. A rivalidade entre eles é crescente, como atestam as cartas trocadas nos anos seguintes. Mas quando Stanislavski adoece, Danchenko escreve à mulher: "Se minha mãe ou meu irmão ficassem doentes assim, seria algo mais distante para mim, pesaria menos do que a doença de Stanislavski. Apesar de tudo o que aconteceu entre nós, todos os filamentos mais importantes de minha alma e de minha vida estão entrelaçados aos dele. E, é claro, precisamente por esta razão tem ocorrido tanta inimizade entre nós, pois as coisas mais importantes que vivi estão todas dentro dele. Tenho sido o irmão de meu irmão e o filho de minha mãe por cinquenta anos. Mas houve alguma vez tanta proximidade espiritual entre nós, mesmo que por um ano, como tem existido entre mim e Stanislavski nos últimos dez anos? Em minha vida e em meu coração ele é a minha pessoa."

**27.** Abro uma vez mais *A gaivota*. "O que você está escrevendo?", pergunta Nina a Trigorin. "São apenas anotações...", ele responde. "Ocorreu-me um tema... Um tema para um pequeno conto", e ele descreve a imagem de uma gaivota abatida. Repito muitas vezes essa imagem aqui.

**28.** Talvez o silêncio possa estar, muitas vezes, não naquilo que se suprime do que se conta (algo como o que

Danchenko parece ter sugerido para a cena do monólogo de Nina), mas no que estranhamente *se diz a mais.* Me lembro de Stanislavski. O silêncio no que se repete, o coaxar dos sapos, a imagem de uma gaivota em cartas, textos. O silêncio que se duplica, um coro. O que não disse Danchenko para Stanislavski quando ele ficou doente, mas que escreveu à mulher e que se sabia entre eles, apesar de. Os anos em que Levitan não falou com Tchekhov, as cartas de Lika que o escritor jamais respondeu e tudo o que ele parece ter escrito em resposta.

# Sob as unhas

Mais um dia em que espera alguém que não vem, de que lhe valeu a mudança para a quitinete, a saída da pensão, quase todo o salário dedicado ao aluguel se aquela privacidade se tornava uma angústia. Hoje queria de volta a companhia das meninas, ter alguém para conversar.

A diferença entre a geladeira de um supermercado e a de alguém que trabalha em um supermercado — dois ovos, a maçã da véspera, água, pepino. Que besteira morar sozinha. Vai até a janela. Distantes, os pontos luminosos nos prédios devem ser mãe, filha e pai, talheres suspensos, copos tilintando, gelo, suco. Sente falta de alguma coisa que não conhece, pode ser fome. Desvia o olhar para a esquadria empoeirada, precisa passar um pano. Amanhã. Com o olho no canto em que o pó se acumulou, refaz o dia na caixa do supermercado, uniforme amarelo, códigos de barra, sacos plásticos verdes, cinzas, as pessoas na fila com seus CPFs.

Faz tanto tempo que espera que algo aconteça, não se anima para comer. Melhor dormir e acordar cedo no dia seguinte. O fim de todos os dias desde que saiu da pensão: ir e vir na sala pequena, uma sala agora só sua, com janela e geladeira. A maçã da véspera sobre a mesa, a véspera ainda tão perto, a maçã ainda vermelha, vou me deitar. Olha mais uma vez as unhas das mãos, nada. Ninguém virá. Se estica no sofá. O quarto é um quarto porque tem um guarda-roupa partindo a sala. Hoje bem que queria uma porta para que batessem nela, *oi, posso entrar?*

Alguém, àquela hora, olharia sua janela? Imaginaria ali uma mesa posta, não sei, uns ovos cozidos, pepinos em onze pedaços cheios de sal, a pouca louça na pia, o armário fazendo uma sala, o pó nas esquadrias, a vela no lugar do sono, quando a chama apagar fecho os olhos, durmo. Vou pensar nas meninas da pensão jogando conversa fora, fazendo as unhas, as cores emprestadas, acetona, cuidado pra não manchar o chão, *nossa, sua unha é muito torta!* É que perdi a original na porta de casa, bati o portão e deixei o dedo, a unha ficou preta, caiu, nasceu assim. Tem vergonha das mãos e da unha, sempre que pode passa um esmalte escuro para disfarçar. Embaixo das nove unhas perfeitas e da deformada, uma camada de pó de quem mexeu em muitas coisas, caixas de sabão em pó, garrafas de água com gás. As compras do casal de sessenta e poucos anos, as frutas num saquinho, bolsas de pano, tudo solto, moeda, sabonete, iogurte, os selinhos da promoção. O rapaz de óculos escolheu um vinho, algumas castanhas. Ele é alto, ela precisa dormir.

Em vez disso, desliza a unha comprida do indicador direito na concavidade imunda da unha do indicador esquerdo. Se existisse uma porta entre a sala e o quarto, as dobradiças estariam cheias de fragmentos não identificáveis, pedaços de insetos; existências pequenas comporiam aquela cena à meia-noite. A vida nas unhas, a mesma vidinha na esquadria da janela, no ralo do banheiro, na pia.

Fecha os olhos, a vela acesa, não consegue. No tempo em que pensa em filas e notas fiscais, sente a unha torta se movendo. Na penumbra não vê bem, mas a coisa está mais uma vez ali embaixo dela — e cresce. Finalmente a coisa vem, ela vem! Um ardor sobe pelas pernas em direção à barriga, o coração acelera, tanto tempo não sentia aquilo, tanto tempo sem o que ela recolhia da rua sob a unha. Meses sem sinal, mesmo tendo trabalhado muito com as mãos, começou a achar que estava sozinha para sempre. Que bom que não. Esquece de vez o cansaço, essa não será mais uma noite comprida, de sono cortado.

Na última vez, ainda na pensão, teve de escapulir até o quintal pelo corredor, *preciso ligar para o meu namorado. Namorado!?* Que sufoco. Inventou um em outra cidade para ter sossego caso precisasse, sei lá, conversar. Como explicar aquela presença estranha, aquele desejo? Decidiu se mudar, precisava de privacidade com a coisa que agora cresce em seu dedo. No tempo em que espera que ela termine de se formar — primeiro a unha cai, é um pouco doloroso —, se arrepende de não ter comprado pelo menos algumas latas de cerveja (*por que não se preparou? Podia ter passado uma bebida mais chique no crédito*) e uns salgadinhos de dois e noventa e nove para servir.

Corre a cortina de pano para ficar mais escuro, a vela ainda clara na mesinha, o corpo aos pulos, a coisa está vindo, vão estar pela primeira vez sozinhos, sozinhos mesmo. Da última vez no quintal da pensão, não tinha deixado que lhe roçasse o corpo, e se alguém os visse? Agora não, é diferente. Hoje ela se permitirá ser tocada.

Puxa as alças da regata, deixa os mamilos à mostra e tira a calcinha, é a primeira vez que fica nua para alguém. O dedo dolorido se estica com aquela presença crescendo debaixo da unha e o formigamento se alterna entre a palma e a barriga. Está muito magra, muito leve, podia ser suspensa se a coisa tivesse mãos, beijá-la se tivesse boca. Deita esperando que a unha caia, uma gota do suor desliza da testa em direção ao pescoço. Para esquecer a dor se arrastando pelo braço, imagina a coisa com um corpo alto, óculos, vinho e castanhas. É o rapaz da fila no supermercado. O dedo sangra e ela já não sabe mais onde é o fora, de quem é o dedo, o cheiro, o cheiro é dela, é dela o hálito embaçado, misturado ao sabonete, ao iogurte, à pasta de dentes cheia de flúor e partículas azuis. Seu corpo se contrai quando a coisa entra nela, o rapaz alto de óculos na fila mostra os dentes alinhados num sorriso, *ele sorriu, não sorriu?* Aperta ainda mais os olhos como se pudesse entrar com força no escuro e esquecer a falta de um beijo viscoso, a crocância das castanhas, a textura das sacolas de pano, crédito, os selinhos promocionais se roçando nos espaços da cartela, falta tão pouco para uma travessa, débito, e a nota fiscal sai retorcida da máquina. Sussurra o CPF, cinco-oito-cinco-meia-três-dois, o rapaz sorri, *é, ele sorriu*; encosta os dedos nos dedos dele quando lhe entrega a nota com as imagens em QRcode dentro a voz perto do ouvido um grito e a chama da vela na mesinha se apaga.

# Menstruação

“Não precisa ser o absorvente mais fino, só tem que ter abas”, foi a advertência da minha mãe. Fico diante da prateleira, três marcas. Uma mais barata, com certeza não cola direito na calcinha; outra mais cara, um modelo ergonômico que vai deixar a tia mais protegida. As filhas da minha avó menstruaram até tarde, minha mãe teve filhos depois dos quarenta e a tia Domiciana vai fazer cinquenta no fim do ano. De vez em quando ainda menstrua e toda vez se assusta. Principalmente depois que a vó faleceu, fica achando que vai acontecer de morrer de repente, aquele sangue todo sem motivo. A tia Domi é uma menina grande. Depois da morte da vó, as filhas se dividiram para cuidar dela. É claro que os filhos foram cuidar da própria vida. Meu irmão, enfim, não vou ficar me repetindo. Ele nunca está. Seria a cara dele escolher o modelo intermediário, a cara dele a decisão razoável. Mas não gosto da embalagem amarela da marca média. Não posso com amarelo, coisas amarelas, banana é uma fruta sem graça, e daí que seja nutritiva? Ovos. O sol escaldante amarelecendo as paredes. Minha tia, se é que dá pra entender o que ela sente, detesta amarelo. Não suporta girassóis, chegou a rasgar um vestido cheio deles num acesso de fúria. Minha mãe disse que foram os remédios, tenho certeza de que foram os girassóis. As raivas repentinas, conheço elas.

A tia Domi teve paralisia aos três anos. Minha mãe disse que ela era a criança mais linda do mundo, mas depois disso a vó teve tanto desgosto que a escondeu. Até hoje penso na sua diferença em relação a outras pessoas, aquela lentidão, se tudo isso tem a ver com a paralisia ou com o encruamento do corpo sem convívio. Ela nunca foi à escola, assim como a vó, não aprendeu a ler. Também nunca ajudou em casa porque tinham medo de ela se machucar ou quebrar alguma coisa. O pátio dos fundos ainda é o único lugar em que ela pode ficar sozinha — de todas as coisas amarelas, a única que ela gosta são os grãos de milho que atira nas galinhas.

Eu tinha medo da tia Domi. O tempo nela era uma confusão, uma mulher crescida e não adulta. Como se fosse um bicho inesperado, uma sereia sem a beleza das sereias, só o perigo do baralhamento, alguém metade criança, metade mulher. Agora metade velha.

A embalagem do modelo melhor é rosa, eu adorava rosa. Tudo mudou depois que menstruei, até a preferência pelas cores. Mas como na tia Domi tudo é misturado, como ela ainda guarda uma bonequinha velha ao lado da cama, uma bonequinha rosa, vai ficar feliz com o modelo pink. Uma mulher de quase cinquenta já velha e ainda criança que menstrua e se apavora com isso merece o modelo mais confortável.

# Dragões

Entre cinco da tarde e sete da noite. São horas difíceis para ela. O sol começa a baixar, os prédios à contraluz parecem sombras, uma estrela que não é estrela aponta no céu. Vênus. As pessoas voltam do trabalho, as crianças não estão mais nas escolas, os zumbidos das máquinas inúteis de lavar piso são interrompidos, dando espaço na cabeça para sensações antigas; quando a luz fica laranja desse jeito quase sente o gosto do bife frito com colorau. Não pensa na casa da madrinha, mas vira e mexe se lembra das comidas, das rendas em que enroscava os dedos; gostava de deslizar as mãos sob os travesseiros frescos e macios, mas sempre com aquelas texturas atrapalhando o fluxo das coisas, o movimento do braço se espreguiçando; dormir era um jeito de esquecer.

Aos quatro anos, foi esquecida. Um dia, o homem que era seu pai não voltou mais para casa, ainda que não fosse bem uma casa o que tivessem. Eles viviam se mudando. A mãe tinha saído do Recife para o Rio de Janeiro depois do casamento, grávida, com a promessa do marido de que teria trabalho. Não sabia dizer o que ele fazia, alguma coisa com carros e concessionárias; também não sabia por que ele dormia tanto fora de casa se não era médico em plantão, ou piloto de avião, que tivesse de estar sempre viajando.

Um dia, não voltou. Sem marido e sem pai, ficaram com uma parente por um tempo, em um apartamento apertado em Madureira. Ela precisava esperar que todos fossem dormir para abrir o sofá e se deitar com a filha. Por essa época, a menina estava para fazer cinco anos, nunca tinha ido à escola e a mãe decidiu, tinha de se virar. Como?

Um segundo esquecimento precisou acontecer e ela foi deixada com a madrinha. Foram sete anos no Recife, enquanto a mãe trabalhava como camareira no Rio. Não havia tempo para cartas, e interurbanos eram caros, mas o dinheiro da escola, do uniforme, da comida e um extra para os fins de semana eram enviados mensalmente para a filha.

A mãe agora está na janela, é Ano-Novo. Verá os fogos à distância e depois, cama. Faz dois anos que não vê a filha, a passagem de ônibus custa muito, é melhor guardar o dinheiro. Deixou o cabelo crescer para disfarçar uma careca pequena no lado direito da cabeça, apareceu há dois meses. O cabelo começou a cair muito, é nervoso.

A filha, nascida entre o Natal e o Ano-Novo, acabou

de fazer oito anos. Não conseguiu pensar num presente, não sabe mais do que a menina gosta, que cor, que cheiro, do que brinca. Mandou um dinheiro a mais para uma camiseta, um bolo e uma boneca.

No dia em que deixou a filha no Recife, faltou coragem. Acordou muito cedo, foi para a rodoviária sem se despedir, não olhou para trás. Quando a menina acordou, a mãe não estava. Chorou por três dias. Chorou uma semana. Chorei secretamente o tempo todo em que estive lá, os sete anos, mãe. A madrinha deixou que ela usasse um vestido com renda de bilros, que tomasse sorvete de chocolate, que desse uma volta com a vizinha.

Em um desses fins de tarde em que o céu está perigoso, muito tempo depois (a filha não sabe dizer por que, mas foram precisos mais de trinta anos para que essa imagem viesse), se lembrou de uma vaca que viu na rua, no dia em que a mãe foi embora. Malhada, imensa, uma vaca de perto é uma coisa magnífica. A mansidão, os olhos escuros e redondos. Encomendou uma ilustração com a cena e pendurou na sala. No quadro, uma criança com um vestido quadriculado e rendado — esse detalhe o pintor não conhecia — e uma vaca com asas, em primeiro plano.

Gostava daquele vestido, hoje não suporta nada entrelaçado. Tudo na casa da madrinha era assim, as beiras dos lençóis, os cantos das almofadas, cortinas. O mundo existia por trás de agrupamentos de folhas que não permitiam ver as coisas às claras. Rendas como aquela, da toalha de rosto no banheiro, são padrões bonitos demais, corretos como árvores podadas em forma de bolas. Folhagens presas no formato de cones, linhas se atracam umas nas outras formando arcos, que coisa besta.

Em todos os cômodos havia um bocado de fios que só ela conseguia ver, teias que impediam a movimentação livre dos corpos, o gesto brusco, irrefletido. Tinha treze anos quando a mãe voltou para levá-la, finalmente. Soube da novidade na cozinha, a alegria ficou engasgada; é como se os nós na casa da madrinha a segurassem na cadeira, prendessem seus braços esticados para o abraço, mãezinha, estou muito feliz! Ou talvez não tenha conseguido dizer que estava contente porque, depois de sete anos, a mãe era um tanto desconhecida.

Sabe pouco da história curta do irmão, tinha um ano quando a mãe engravidou. Vê se pode sua mãe com duas crianças e depois uma em cada canto, foi a melhor coisa que aconteceu; a madrinha sempre contava as histórias como se fossem um problema. Tentava não escutar o que ela dizia, queria pensar do seu jeito sobre aquela possibilidade de irmão. Como teria sido? Se ele tivesse nascido? Se lembraria das mesmas coisas que ela, com palavras iguais? Também teria se esquecido do colo adocicado da mãe, o cheiro do cabelo que se perdeu, procurei tanto aquela marca de xampu, pararam de fabricar.

Perdeu o bebê sozinha, quem cuidou da filha enquanto se recuperava no hospital foi uma amiga, uma vizinha, alguém. Poucos dias antes do sangramento, na cozinha, a mãe ouviu uma voz chorosa, achou que fosse a menina. Se virou e ainda viu um vulto, um bebê correndo em sua direção; chegou até a se abaixar para amparar a criança que corria, o nada.

Em uma tarde estranha, recebeu um telefonema do Recife. Tenho uma coisa pra te contar, teu pai está querendo entrar em contato, mudou muito, é um homem velho e arrependido. A madrinha fala demais. E você tem irmãos, olha só! Não tenho irmãos e não tenho pai, não me ligue mais se for pra falar dessa pessoa, não fale assim, menina, ressentimento não faz bem pro coração, sou uma mulher de quarenta anos, não me chame de menina, o que deu em você hoje, ele pediu dinheiro? Dinheiro? Não! Você passou meu telefone para ele? Eu? Minha mãe sabe disso? Claro que não. Desliga o telefone sem se despedir.

Seis e meia da tarde, o céu escuro e laranja. Ela serve a sopa de cebola, a mãe veio jantar. Escolheu as cumbucas azuis porque desconfia que ela gosta de azul, e quando o caldo estiver acabando poderá ver os desenhos de dragões no fundo. Uma surpresa pequena. Animais impossíveis e alados, assustadores e fabulosos, são sinal de fortuna.

Hoje a mãe parece mais quieta, não consegue perguntar por que, nunca conseguiram atravessar essa neblina de circunspecção. Mesmo agora, adulta, parece que recebe uma visita. Como se não tivessem vivido tempo suficiente para cobrir os anos de separação, é formal, escolhe cada palavra, a cor dos pratos. Pergunta se a mãe gostou da porcelana, ela diz que sim, é bonita, sem convicção. Muda o tema da conversa, fala de um livro que está lendo, não sabe por que faz isso, a mãe não lê livros. Uma coisa leva a outra e um assunto sobre rosáceas e o medo de doenças autoimunes aparece, um incômodo sem fim a pele vermelha, a médica do posto foi eficiente desta vez, acertou o creme com cortisona. Não consegue disfarçar que não se interessa tanto assim e acaba olhando os pratos com pressa. A mãe afasta a cumbuca, está satisfeita; não sei por que insisti no bacon, só pode ser isso, a sopa está salgada. Tiro os pratos da mesa, equilibrando os dragões afogados nas cebolas.

O quadro com a vaca alada contém dois tempos diferentes, o da infância e o de agora. Ela busca nele uma pista que venha do futuro, algo no contorno das asas do bicho, qualquer coisa que não tenha visto na cena original e que possa apontar para o que está vindo em sua direção, o que pode ser? Um pouco o que fazem as mulheres que leem as mãos, olha o que está lá, o que não está. Quem sabe encarando o desenho se lembre do que ainda não sabe, um sentido oculto nas linhas da pintura, a cena escondida. Um beijo da mãe enquanto eu dormia, antes que ela me deixasse com a madrinha, vai saber. Ou um dragão enganchado nas rendas do meu vestido.

# É minha amiga

O pessoal costuma virar os olhos quando digo que é minha amiga. Meu marido fazia isso também, que Deus o tenha. Talvez eu também vire os olhos quando digo *é minha amiga*. É quase sem querer. Parece estranha a frase em voz alta, acho que meu timbre sai um pouco mais grave depois do *minha*. Amiga. *Ah*, a pessoa do outro lado responde, às vezes é um *Ah, é?*, tentando não demonstrar, no *ah*, no *é*, a dúvida, o constrangimento, um espanto engolido, *ah*... Às vezes a confusão continua nas frases quebradas e sem graça, *nossa, mas vocês são tão diferentes, não imaginava, é que você é uma pessoa boa*. Não sou. Somos diferentes, ela e eu, mas o que temos em comum basta. Faz mais de trinta anos que ela vem. Começou com o tabaco, uma vez por semana. Naquela época meu cabelo ainda era preto, o dela já mechado de branco e eu não imaginava que um dia ela, justo ela, ia ser minha amiga. Ela tão insociável, atarefada, sempre escrevendo, cheia de livros e eu, bom, eu comando um café.

Depois de um tempo vindo só pelo tabaco, ela resolveu ficar pra fumar. Daí pro café foi rápido. Ela se senta lá fora três vezes por semana há mais de trinta anos, a cadeira encostada na porta de vidro. Venho, passo o pano, não preciso perguntar nem ela pedir. Trago o expresso duplo como ela gosta, a água com gás no copinho que ela quase não toma e que não deixo de trazer. Se tem uma cliente que pode não beber a água com gás é ela, a minha amiga. Não me incomoda esse desperdício curto. Seu estômago não é feito para coisas leves e gaseificadas. Também não recebe bem os docinhos que testei no pires, há uns quinze anos. Voltavam intactos. Acabei tirando de todos os cafés. O estômago dela foi dando a medida exata da tabacaria nesses anos, me conteve do dispensável, ainda mais depois que esses cafés se espalharam, cheios de pãezinhos, docinhos, quatro tipos de açúcar. Faz uns vinte anos que quase começamos a conversar. Deve ter tido algo a ver com nossas vistas envelhecerem. A minha não vê muito bem de longe e passou a cair nas mesas; os olhos dela, mais cansados, tinham de se levantar muitas vezes do papel. A vantagem dos míopes é enxergar onde as grandes vistas não pegam.

Não sei se fui eu quem quis ser sua amiga, se foi ela quem quis ser minha amiga, mas ela me viu. Passei a saber dos livros, quis ler mais. Dá pra perceber se o que ela lê é só ruim ou muito ruim pelo jeito como o cigarro pende da boca. Nem sempre concordo com minha amiga — como a maioria dos meus clientes, que vêm há quase tanto tempo quanto ela. Alguns são os escritores.

Me admira sua reação às provocações, "dizem que tentou escrever um romance", "que não tem as cordas vocais", "que matou o marido", "que tem um cromossomo X a mais". Ouvi de tudo, ela ouviu de tudo. O pessoal reage, "olha a vampira de Dusseldorf". Isso mexe comigo. Ela só levanta a vista dos óculos e faz o que tem de fazer. Encara a pessoa, aperta o cigarro com os dentes gastos de café, sorri, volta a escrever. "Não sei como você aguenta essa sujeita." É que ela é minha amiga. *Ah... é?* Se a pessoa fica muito desapontada com a revelação, deixo o cafezinho fiado. Se tenta disfarçar a decepção, enfio uma bala no troco, quero que a pessoa volte. Na maioria das vezes, dou uma batidinha no dorso da mão desiludida, "deixa, ela é solitária".

E é mesmo, uma pessoa solitária. Ou deve ser. É minha amiga, mas não falamos as coisas. Ela vem, compra o tabaco, não precisa dizer a marca, não sorri, se senta, sirvo o café, nossos olhares se cruzam, ela fala do livro resenhado, "uma porcaria", me estende o volume, "toma, fica", está feita minha semana. Se o autor vem comprar tabaco, tomar café ou espiar minha amiga, digo: "Estou lendo seu livro". É tiro e queda, eles voltam.

Tudo isso faz um bem enorme aos negócios, ela sentada ali e eu aqui, falando dos livros no balcão. "Tá gostando? Aposto que a bruaca não." Somos uma dupla boa, ela e eu.

Gosto quase sempre, mas não sei nada de literatura. Entendo de comércio, clientela. Ler me faz bem, ainda mais depois que fiquei viúva. Minha biblioteca aumentou com essa amizade, não me sinto só depois de fechar a tabacaria e voltar pra casa. Fez dezoito anos que meu marido se foi, nem precisei dizer nada à minha amiga na época. Ela me ouviu e começou a me dar livros de presente. “É uma droga, lê se tem coragem.”

# Lume

# Ela me perguntou como estávamos

Mãe, já te contei, foi ali na Tamandaré, a dona Adélia me viu no ponto e veio direto na minha direção. De todas as pessoas no mundo, tinha que encontrar quem? A dona Adélia. Claro que ela perguntou como eu estava, como estávamos, estávamos bem?

"Vocês estão bem?"

Nem bem nem mal, quis responder, mas num lugar intermediário onde os dias não pousam, ficam planando, vibratórios. Dias sem solução, sem sanção, sem avanço, parados ao redor da mesa. Mas disse "bem", que estávamos

"bem. Obrigada."

Claro que não falei que você está aqui, mãezinha, nem que não estou mais na Lins com você. Ah, ia dizer o quê? Sabe, dona Adélia, despachei minha mãe para uma casa de repouso, porque agora a velha tá óóó... Se eu dissesse isso, imagina. Algo assim, a cara dela. Não me olha desse jeito, ia ser engraçado, vai, mãe. A gente tem que tirar sarro desse povo metido a besta. Vou segurar sua mão, tudo bem? É só fazer uma pressão se quiser me interromper. Tá aquecida, mãe? Tem que tomar sol todo dia, todo dia tem que tomar sol. Essa área aqui é tão. Olha só, no fiapo de luz, a poeira dançando. Viu? Bonito? Ei, é bonito, mãe? O ar cheinho de esporos e a gente não vê. Bom, a dona Adélia. Ela ficou falando,

"mas e a sua mãe? Faz tempo que eu não vejo a sua mãe..."

sua mãe isso, sua mãe aquilo, como costurava bem, como era caprichosa. Ficou elogiando para ver se me abria, a mulher é insistente.

"Ela ainda está na Aclimação?"

"Minha mãe nunca morou na Aclimação."

"Não...? Ah, mas ali é quase Aclimação, né?"

De vez em quando eu dava uma olhada na direção dos carros, querendo um táxi imaginário. Que me levasse dali bem de repente para bem longe, bem rápido.

"Não, dona Adélia, aquele pedaço é o Glicério, não sabia?"

Sabia sim, mas fez que não por cima da cara confusa. O que ela queria era que eu chegasse no *e você*. No *e a senhora, dona Adélia*. Como estão as coisas com você e sua vida classe média margarina exploradora da paciência alheia. Como estão os meninos, a casa, o dr. Abelardo. Não quero saber nada deles, não queria nem olhar para ela. Fiquei entre os carros, o celular e o táxi que não ia chegar. O táxi que não chegava. Não devia ter perguntado

"e a senhora?",

mas faltou assunto e ela não parava de me encarar. Como se eu fosse um documento em outra língua.

"Ah, estou bem, os meninos muito bem, muito bem formados todos os três, a sua mãe tá sabendo? O Julinho agora é médico. Quer dizer, tá quase-quase, é residente no"

sei lá onde, perdi o resto. Ela disse o nome do hospital, da especialização, pediatria, psiquiatria, p, alguma coisa com p, pneumologia. E ela está perdendo cabelo. Tá meio careca por cima, o tufo de franja parece um juntado de pó e algodão mofado. Se a umidade do ar estivesse alta, tinha desmanchado. Foi me dando um negócio aquela testa comprida e mal coberta, as duas linhas finas no lugar das sobrancelhas, a cabeça oval e vazia, que vontade de soltar um grito, aliviar a pressão do

"sim, dona Adélia, que coisa, dona Adélia, parabéns pra você, pro Júlio, parabéns pra vocês nessa data querida"

que quando caí em mim, quase escapou, quase cantei. Em voz alta, um parabéns. É nessa hora, a hora da distração, que as portas do inferno se abrem pra gente, foi só me descuidar e ela atacou um

"mas quero saber da sua mãe, e a sua mãe? Ela não estava com uns esquecimentos? Tão nova ainda, ela era tão nova... Bonita também, um cabelão. Você tá com quanto, quarenta já? Ela então... setenta e quatro? Setenta e cinco? Nova ainda. Que coisa. E você também, tá nova, dá tempo de ter filho, hein? Quando a gente tem intimidade não faz rodeios, e mais, ela costurou as roupas de treze aniversários da Lucinha."

"Dezessete, Adélia, dezessete aniversários; impossível esquecer minha mãe com as costas dobradas, ajustando a vista a buracos em dezessete vestidos mal pagos."

Ia ser engraçado, vai.

"A sua mãe pensa isso?"

Ela ia dizer *a sua mãe pensa isso?*, de um jeito nobre e ofendido, eu ia responder, *ela não, eu*,

"ah, você pensa assim"

*eu penso assim*, porque, mãe, essa é a verdade. Sempre foi do jeito dela, a senhora não lembra? Como ela te tratava? Aquela mulher está sempre querendo saber mais, ser mais, falar mais,

"Não esqueço, Adélia. Nunca esqueci. E quando a gente tem intimidade, não faz rodeios."

Não sei por que você fica preocupada com a dona Adélia, mãe. Tudo o que ela queria era que eu dissesse

"a minha mãe pode estar com esquecimentos, mas eu não,"

qualquer coisa, qualquer pista de você. Que você tá isso, que aquilo, oh, coitada dela, tão nova ainda, setenta e cinco anos, quanto sinto por você, por ela, pelo destino das mulheres sozinhas, das mães abandonadas, costureiras desmemoriadas, largadas em casas de repouso pelas filhas quarentonas, sem filhos, para sempre vendedoras em lojas de shopping, só faltava sugerir que o psiquiatra-pediatra-pneumologista filho dela viesse dar uma ajuda. Mas não disse nada, mãe. Só insistiu que

"certo. De qualquer modo, os vestidos nem eram tão

bons, nós é que gostávamos da sua mãe. Bom, a Lúcia gostava dela,"

estava com saudade, *diga a ela que estamos com saudade*. Agradeci. Sim, perguntei da Lúcia. Vai casar. Meio cafona a comoção do casamento. Mãe, não me olha assim, é bem estúpido. Mas disse que a senhora gostava dela, sempre gostou. Apesar de

"Pena que ela não possa ver a Lúcia de branco."

"É sorte, Adélia, sorte. Licença, meu carro está chegando."

Deixa pra lá. Ela estava com pressa, tinha que passar na florista, ou na feira, algum lugar com f. Fingi que ainda esperava um táxi e depois caminhei até outro ponto, porque Deus me livre cruzar com mais alguém daquela família, essas pragas estão por todo o bairro. Nunca mais volto ali, nem me peça, mãe. O quê? Tem muita luz, quer entrar? Não? Não, a gente não foi convidada para o casamento, não sei quem vai fazer o vestido. Quer sair um pouco do sol?

"A sua mãe esqueceria, de qualquer modo. Estou sabendo."

Tá bom, vamos pra sombra. Essa área é tão. Esses nadas, a poeira, o mofo ali na parede. Mofo é uma forma de fungo, sabe? Fungo tem jeito de planta, mas não é. Não se alimenta de sol, tem que encontrar o que comer. Também não é bicho. Tão fora do mundo, um fungo. Os esporos que a gente não vê, que ficam assim, no ar, ajudam os fungos a se espalharem. E eles estão em toda parte.

Como, mãezinha? Água? Claro. Quer um apoio, um travesseiro aqui? Pronto. Melhor assim, não? Quem? Mãe, já te contei, foi na Tamandaré. Acabei de. Tá bom. Sim, mãe, encontrei. De todas as pessoas no mundo tinha que encontrar a dona Adélia. Claro que ela perguntou como você estava, como estávamos. Se estávamos bem.

# Trompa

Eles estão sentados em lados opostos de uma mesa e se levantarão em dez minutos, intermináveis para ele e para ela por motivos diferentes. Aglutinados como estão em um "eles", não os vemos com nitidez para saber como o tempo acontece nela e nele, nem como as palavras ectópica, tubas, rotura, fatal, rota adquirem espessuras distintas dependendo do lado em que são ditas, tornando o ar rarefeito para ela, úmido para ele.

Eles, a mulher e o homem em lugares opostos da mesa, olham também para coisas contrárias na cena; ela encara um detalhe inesperado na escrivaninha, um desenho da madeira com sentido impenetrável; ele foca algum lugar na linha imaginária traçada rapidamente entre a testa dela e o relógio da parede, para o caso de um contato visual depois de tudo o que foi dito. Três e quinze. Há pacientes na sala de espera. Ela não pode esperar mais. Ela tem quarenta e dois, quase quarenta e três anos; ele, quinze em obstetrícia. Era a terceira vez, depois de muito tempo, que se via diante de um caso assim. Para ela, era a primeira vez em quase tudo, a gravidez, a gravidez nas tubas, a perda. E era também a primeira vez que, ouvindo sobre trompas uterinas, pensou em instrumentos musicais. Tão similares, a imagem óbvia, e no entanto, só naquele momento. Enquanto ele falava em complicações graves e no que deveria ser feito, avaliadas as ultrassonografias e pesadas as circunstâncias, ela tentava a palavra metálica no tímpano, o sopro atravessando a região grave do canal longo e dourado num fluxo que pudesse se sobrepor ao que ele, o homem, o médico, tentava dizer, "o útero permanece vazio, uma laparoscopia, cirurgia de emergência", e ela, "chaves, pistons, abóbodas triangulares", e ele "a integridade dos tecidos, um choque circulatório", e ela, ainda, "sinais de nevoeiro em faróis", e ele, sem perceber, "cada um dos canais que ligam"; "o ar exterior", "os ovários", "a embocadura", "o seu útero".

A mulher prende o ar tentando controlar a respiração e os músculos da mão direita; tenta, como pode, o ouvido afinado para o silêncio; na sala um tique-taque, tem um relógio em algum lugar, pensa. Três e dezesseis. O homem agarra com movimentos cirúrgicos uma caixa de lenços, podem ser úteis, acelerar a reação dela — ele não sabe ainda, mas ela não se comportará como a personagem que imagina, não vai se lembrar de chorar, não vai curvar os ombros, pedir ajuda. Uma mensagem chega em algum celular na sala, não sabem em que lugar da mesa, se do lado de lá, das sentenças, se do lado de cá, da espera. Ela levanta o olhar, ele situa o seu nos olhos dela, três segundos em que buscam palavras, como prefere fazer? Posso fazer uma ligação? Quer usar a sala anexa?

Eles se levantam, finalmente não estão mais sentados; o alívio é o mesmo para os dois, por motivos diferentes. Ao sair da sala, se separam na sentença; não são mais eles, ainda que paciente e médico até o final do corredor, até o final do conto; na sala ao lado, sozinha, a mulher agora está fora dos domínios da linguagem do outro. Nesse minuto, três e vinte e oito, diante da mensagem no celular, ela pode não responder nada e planar um pouco antes de atingir o chão.

# Ao fogo

Enquanto não escreve, Catarina repete a frase "enquanto não escrevo". Busca sinônimos para a palavra "enquanto"; durante, à medida que, nesse tempo. Enquanto não coloca no papel o que precisa ser escrito, esse relato, esse fogo, vai comparando a vida de uma lenha à de uma floresta, uma faísca a um incêndio. Ela e a poeta Anna Akhmátova. A não ser por uma sala pequena, nada em sua vida se compara à daquela mulher — não há nem mesmo fósforos em casa, pensa. Nenhuma chama.

Catarina relê a imagem que a impressionou e que fez com que começasse a estudar o trabalho da poeta no mestrado: durante a última onda de terror de Stálin, Akhmátova foi proibida de publicar. Para não ser denunciada, sete ou oito mulheres de sua confiança memorizavam o que ela escrevia — munidas de agulhas e lã, elas tricotavam e decoravam, linha a linha, o poema que Anna exibia e queimava no cinzeiro, assim que cada uma delas fazia o gesto mudo, confirmando o aprendizado.

Enquanto não escreve, Catarina imagina aquele círculo. Uma sala pequena, provavelmente como a sua, talvez ainda menor, os tacos rangendo e as paredes ocas (tem pensado sempre em uma casa assim para Anna, que possa ser destruída de uma vez pelo fogo). Sete ou oito mulheres, por meses a fio, se sentam em círculo e fingem tricotar, decorando palavras proibidas. As agulhas funcionam como escudos, produzem ruídos propositais sobre os versos repetidos até que fixem; depois, os papéis memorizados são queimados. A rede de vozes silenciosas permite que a poeta siga escrevendo.

**Anna: Asa** *Eu vivo como um cuco no relógio./ Não invejo os pássaros livres./ Se me dão corda, canto./ Só aos inimigos/ Se deseja/ Tanto.*

**Catarina: Casa** *Sempre ~~fui~~ mais relógio/ que pássaro/ ~~e só~~ quis um destino/ sem ponteiro/ ~~não posso ser~~/ sua casa/ ~~o que estou tentando~~/ a labareda*

Catarina não consegue se desvencilhar do poema, da poeta. Quando se esconde desse jeito, tudo o que faz fica péssimo. Tem consciência de que nada a impede de escrever a não ser ela mesma; sabe também que ninguém vai ler que "estou tentando te contar por que tomei a decisão de não ter você". Essa é a frase, sem rodeios.

No dia em que passou na prova do mestrado, saiu gritando pela sala, uma criança correndo em círculos. A casa da sua infância nunca teve espaço para uma corrida magistral em linha reta. A mãe ficou feliz, mesmo sem entender por que aprender uma língua inútil com um alfabeto esquisito, por que ir para outra cidade atrás de uma poeta russa com um nome seco, cheio de acidentes. Mas acompanhou a filha à estação (dez horas até o campus, as malas abarrotadas) e ainda fez dois sanduíches com recheios diferentes para que ela não precisasse descer nas paradas. "Sua avó teria ficado orgulhosa." Vinham de uma rede de mulheres, todas costureiras, a maioria sem os estudos, algumas não sabiam ler direito.

"Vê se, pelo menos, não envergonha o nome da família", é a frase que Anna escuta do pai quando ele descobre que a filha escreve poemas e deseja publicá-los. A poeta passa a usar o nome da bisavó materna, Akhmátova, no lugar do sobrenome paterno.

À medida que escreve, Catarina acaba tomando para si a advertência à poeta, não envergonhar o nome da família, o nome da mãe, da avó, da avó da vó. Não passará o sobrenome adiante, único em sua certidão, não voltará para o interior grávida, não terá essa criança sozinha. A cadeia de nomes solitários vai convencendo-a de que é melhor interromper o circuito dos registros com espaços em branco, fugir do círculo de abandono, escapar em linha reta, "adeus!", a linha que a levará para longe do destino da sua cidade.

"Não envergonhar o nome da família." Catarina interrompe a escrita e se lembra do poema que sobreviveu por força de um círculo. *Se me dão corda, canto.* Toma coragem e manda a mensagem ao número sigiloso, "oi, peguei seu número com uma amiga, preciso de ajuda, estou com". Quanto? Conta as semanas, não tem certeza, será que dá tempo? A última menstruação quando foi, *eu vivo como um cuco,* será que. "Não sei dizer, é pouco." Tá, seu nome? "Eu... é Anna."

Rascunho este relato, esta carta, enquanto a resposta não chega, "consegue amanhã? Três horas?", um jeito de me convencer da decisão, não me esquecer. "Anota o endereço." Rasgo um quadrado de papel da agenda, tomo nota, enfio no bolso.

Há dias imagino o fogaréu tomando uma casa de madeira, o ardor alto dançando furioso, destruindo de vez um nome, as sentenças, um destino. Se pudesse sentaria o corpo, esse meu tornado estranho, morada de um outro à minha revelia, bem perto de uma vela que fosse. Que é pra atirar tudo nas chamas, todas as palavras, sem esperar ricochete; o fogo toma tudo, é verdade, o fogo não devolve nada.

Tiro o papel do bolso e memorizo o endereço, antes de atirá-lo no fogão.

# Onde o corredor termina

Foi no segundo anterior à formulação da sentença que daria sentido à sua história, no instante em que todas as ideias se precipitam, mas que nada ainda é nomeado. Tudo se passou ali, naquela fronteira. Onde o corredor termina e se abre para uma sala há uma esquina pequena que permite que a pessoa recue, hesite um pouco e, sem ser vista, olhe aquele senhor que espera.

A posição no curso da história faz com que ela, a mulher que chega na cena, saiba, ou ache que possa saber, como serão os próximos anos do homem que agora coloca a mão na testa, tira os óculos engordurados do rosto e limpa as lentes com a ponta da camisa, displicente. Sempre displicente.

Quase gosta da suspensão, do fato de não entrar logo na sala, cumprimentá-lo de uma vez, *meu amigo, como é que você está, e as meninas, o joelho, o coração*. Eles se olhariam, compartilhando uma intimidade incômoda ao redor do órgão nobre, o coração, alvo das preocupações das pessoas da idade deles; *é, agora está bem, que susto, que susto você deu, mas passou.* Os segundos depois do *mas passou*, os rostos se desfazendo devagar dos sorrisos, *foi mesmo um susto. Que bom que o coração está bem, temos que conversar.*

Pausa.

O amigo ficaria espantado, as introduções às conversas difíceis facilitam quando o assunto é delicado. *Há trinta e três anos sou apaixonada pela sua mulher. É bom que você saiba agora que está recuperado; a verdade é que não temos tanto tempo e, depois do que aconteceu, achei que.* E se ele a acusasse de premeditar um assassinato, *você vem me dizer uma coisa dessas? Sabendo que quase morri?* Recuou. Quase o viu cambalear, *eu sempre soube que você. Que você.*

Não, assim não. Gosta do amigo, o afeto é verdadeiro; se pudesse não teria se permitido amar sua mulher. Segurou por anos o encanto, a paixão, depois o amor. Ela, que casou uma única vez muitos anos antes — mal se lembrava como era o marido ou quanto tempo tinha ficado com ele —, nunca se sentiu parte de uma família, não fez a sua. Ficou ao redor daquela outra, a casa cheia, as meninas crescendo, aquela mulher se movimentando pela sala, fazendo com que ela se sentisse em sua própria casa. Permaneceu quieta, *melhor assim*, e ainda podia vê-la sempre, tomar seu café, brincar com suas filhas.

Só que tudo aquilo tinha prazo. Os três envelheciam, as meninas já não tão meninas tinham as próprias crianças. Decidiu que não fazia sentido sustentar o engasgo, *vou contar.* O problema é que o coração dele tinha tentado parar. Sentiu o pavor, os anos uns sobre os outros, a coisa entalada.

Ao dar o primeiro passo para trás perdendo um pouco a coragem, *não quero assassinar meu amigo,* já não tem mais certeza. A suspensão se transforma numa hesitação sem fim. Se tivesse um pente no bolso. *Ei, que cabelo é esse, lá vem você, minha amiga, e o coração, tá melhor, que susto, mas passou, só o meu amor pela sua mulher que não passa, faz trinta e três anos.*

Assim também não, ser imprevisível depois dos setenta. Pode entrar na sala, dar um abraço, pagar um café. Um pão de queijo recheado e um docinho ajudariam no assunto. *Meu amigo, nunca voltei a me interessar por ninguém porque a verdade é que sempre amei uma mulher. Uma mulher? A sua. Por trinta e três anos.* Com o doce na boca ele a olharia com alívio. Talvez também confessasse, *amo outra. Não amo minha mulher, amo outro. Amo nossa amizade. Ela sabe? Não.*

Nunca soube. Se tivesse dito alguma coisa teria perdido os almoços aos domingos, o caldo verde, os braços compridos, os fios brancos entre os fios escuros, os cílios oblíquos. A voz.

Se não pôde dizer nada antes, agora precisa. Mesmo que o amigo morra. Ela, que tem uma posição privilegiada no curso da história; ela, que chega pelo corredor estreito do café e que sabe, ou acha que pode saber como serão os próximos anos do homem que agora olha para trás, *ele me viu,* os anos da verdade, *ele acena para mim,* quando uma pessoa deve se confrontar com a própria vida, *ele tá correndo na minha direção?,* com seus desejos, *não é possível que esteja se ajoelhando,* finalmente encarar os medos, *ele quer se confessar?,* quando ainda há tempo, *Deus, não permita que seja ele a dizer que me ama.*

Não sente a queda, não chega a ver o amigo se ajoelhando para ampará-la. Antes de atingir o chão, seu coração estará parado.

# Sou bom

*O mais simples seria não começar.* Ele riu; eu ri porque ele riu, as risadas furtivas são um hábito aqui, um espasmo. O gesto que sai no lugar do que não se pode dizer, do que não se deve. Estou falando sério, a frase. Se fosse você nem começava, ou não comigo. No lugar disso, a risada diminutiva, sem vontade e sem dente. Como funcionário público, aprendi a rir assim. Uma conversinha suplicante ia começar (elas tomam corpo com facilidade), pedi o documento. *Serve a de motorista?* Não respondo perguntas retóricas. É claro que serve, ele sabe que sim, foi logo tirando a carteira do bolso. São detestáveis as perguntas-não-perguntas sem função, prólogos de nada. Só por isso, fiz da minha uma afirmação, pode tirar do plástico, por gentileza. Enquanto ele fazia aquilo, vi suas unhas tortas, os dedos cheios de nó. Patas. O velho não tinha habilidade alguma. Era a idade, muito idoso, uns oitenta. Dá pra saber a idade pelo cheiro das pessoas. Percebi seu constrangimento e olhei as horas; tomei meu tempo no movimento com o antebraço, eu tinha todos os minutos no pulso. Apresso todo mundo sem falar nada — o silêncio é eficaz como intimidação. Quando ele me entregou o papel, quase não me olhou. Pena. *Precisava muito disso pra hoje.* Pena. Entreguei o papel para que ele assinasse, *duas vezes sobre a linha*, e a caneta bic. *Vou ver o que dá pra fazer.* Ele tentou ser firme na assinatura, *muito obrigado*, mas não conseguia escrever direito. *Achei que não fosse dar tempo, ainda bem que o senhor me atendeu.* Apoiei os cotovelos no balcão para ver melhor. Não tinha lógica nenhuma o desenho das letras tremidas, não se conectavam, boiavam no espaço. *Obrigado mesmo.* Ah, se ele agradecesse mais uma vez. Saí do balcão devagar. Uma das meninas me olhou de canto com desdém, quase raiva, elas sempre fazem isso. São más. Não sei se perceberam que comecei a usar tinta castanha nas laterais do cabelo, pelo menos não sou careca. Quero só ver quando elas começarem a ficar velhas, idade em mulher é muito pior.

Peguei um café para ter o que fazer enquanto fazia o homem esperar. Dei três goles, desceu queimando. Espiei o idoso do corredor, as mãos em concha sobre o balcão. Mãos decrépitas, enormes. Elas vão crescendo com a idade, junto com as orelhas e o nariz. Olhei o documento. Se o nome fosse um nome bonito, ajudava o velho. Peguei uns biscoitos doces que as meninas tinham largado do lado da garrafa e enchi meu copo de mais café, compondo uma personagem boa. Arquitetei os gestos com que faria a cena final enquanto terminava o lanchinho. Caminhar de cabeça baixa até o balcão, derrotado. Olhar nos olhos, sentindo o café virar no estômago. "Eu tentei, senhor..." Buscar a informação no documento, como quem liga para o nome das pessoas. Errar a pronúncia de propósito. "Infelizmente não foi possível reconhecer a assinatura." Dei risada sozinho daquela falta de sorte, que nome, meu velhinho... Condenado desde o nascimento aos balcões, às esperas, às linhas sob a assinatura reafirmando o absurdo da letra, da caligrafia torta, extensão da mão caduca. Não pude deixar de sorrir quando, ao voltar da minha coxia, levantei a cabeça. Ele sorria de volta, o ancião. Segurei os minutos como pude para sustentar a cena, a esperança infantil de que sua ida ao meu guichê tivesse valido alguma coisa, a gente precisa suspender momentos assim. Se tivesse a chance de ser ator, seria um excelente. Precisei seguir com minha fala. Já no "infelizmente", ele puxou as patas na direção do corpo; os olhos enrugados caíram, mudos. Quase me compadeci, mas as meninas estavam me olhando e eu tinha de dar uma lição a elas. Devolvi o documento, pensando se deveria ou não finalizar com uma espécie de epílogo. "Não começar teria sido mais simples, meu velho." Mas ainda sou bom.

# Wabi sabi

Partiu em três pedaços grandes, vai dar pra colar. Recolhe os cacos da pia, entre os restos do refogado, o detergente, o que sobrou da louça. O que se estima não se usa, as coisas gastam; quebrou de massacrada pelo uso. Tem vontade de chorar e engole: se a xícara não gritou ao escapulir das mãos oleosas, não será ela a se denunciar. Lembra do super bonder na geladeira, as gotas definitivas vão reparar a concavidade da primeira estrutura. Organiza os pedaços, que bom que nada se esfarelou — há um ponto de equilíbrio entre as partes apoiadas que mantém a impressão antes da queda. Ninguém vai perceber. Tenta abrir a geladeira, a mão escapa da alça; geladeira velha, mão cansada. Sente a dor aguda na ponta dos dedos, de quem coloca mais esforço do que é preciso para realizar uma tarefa simples. Ouve a patroa na porta da cozinha, coloca o corpo entre a xícara e a porta, esquece os dedos. Tá tudo bem, aí? Tá, tá tudo bem, a senhora precisa de alguma coisa? A patroa estranha a resposta longa transformada em pergunta; acaba entrando na cozinha, o corpo meio de lado dos que desconfiam: tá tudo bem mesmo? Tá, tá tudo sim. O diálogo não avança nem elas se movem de suas posições. Quem visse a cena de fora notaria o equilíbrio frágil na cozinha, as peças não coladas querendo saltar. Silêncio. Mesmo...? — a patroa insiste, levanta a sobrancelha esquerda — tem certeza que...? Percebe o corpo tenso, "tem vontade de chorar, engole", se lembra do que já tinha decidido, "se a xícara não fez barulho, não sou eu que vou me denunciar": é que ando assustada com os assaltos no bairro.

Assaltos?

Não tá sabendo?

Uma peça que se move.

Os olhos da patroa correm para baixo, tentando saber; o corpo perde o alinhamento. Não, não sabia. É mesmo...? No bairro? Quase tem pena da patroa, mas as peças precisam ficar onde estão. Ela assente com a cabeça, é... as meninas tão falando. Algo da rigidez na cozinha se desfaz. Muito difícil a cidade, isso não é mentira. É, tá demais, tá difícil. A patroa se aproxima, recua — é. Isso também me preocupa, sabe. Ah, se ela soubesse do seu bairro, dos bairros percorridos, cada um deles até chegar àquele ali. O trajeto no trem, no metrô, no ônibus. As plataformas, o cheiro ácido do pão de queijo às seis no terminal, os calcanhares cavados das chinelas. As xícaras frágeis. Uma daquelas que se quebrou, vai saber, quanto pode custar daquele percurso? Os vagões velhos e apertados, os fones de ouvido coloridos comprados na ida que não prestam na volta. As mãos nodosas do cobrador, a bolsa pesando no ombro esquerdo, aquela dor. Não percebe, mas nem se lembra mais da xícara.

Não pensa muito nisso; a patroa sorri. É verdade, deixa pra lá. Talvez ela também tenha sorrido — de alívio, quando a dona da casa saiu.

Ao se virar, encara a xícara ainda falsa, os pedaços agrupados com óleo, sabão, linhas de trens, asfalto. Sente um nó no pescoço querendo saltar, uma coisa entalada, um caco. Abre a geladeira com as mãos prevenidas, agarrando o super bonder antes que a patroa resolva voltar.

## Ontem disse uma estrela

A casa deixou de existir e a terra está rachada. A mulher tem noventa anos. As pernas vacilam, ela não. Ela nunca, ela anda. Precisa caminhar, mais uma vez muito, forçada para outro lugar. Atenta aos pés, ainda se espanta com o chão, com o que brilha no cimento; a areia alçando voo, os seres invisíveis nas pedras. O chão cada vez mais como o céu, fragmentado e cheio de explosivos. O céu cada vez mais perto do pé, um passo depois do outro, depois do outro, depois do outro. Uma fenda luminosa estala na estrada e, enquanto dura o clarão, ela pensa em coisas mudas. A neve tombando, uma estrela. Pedaços de papel. Um lenço branco que cai.

**Nuvem**

*Naquele verão, nós vimos as nuvens passarem pelo campo em frente ao templo Unju, não foi? Estávamos agachados, observando o Buda entalhado na superfície de uma rocha plana. Sombras das enormes nuvens brancas e pretas avançavam velozes, lado a lado, no céu distante e na terra.*

**Han Kang,**
***O livro branco***

# Posfácio

por *Maria Fernanda Elias Maglio*

Depois de atravessar este livro, você já deve ter se dado conta de que a escrita de Carla Kinzo não é uma escrita qualquer, dessas que você encontra abrindo um livro aleatório de uma biblioteca de muitos títulos. Aqui estão reunidos o incerto, o delicado, o cruento, o simbólico. Tudo é vazio e cheio de significado ao mesmo tempo. Carla escreve pelas lacunas. A beleza da literatura escrita por ela está no que é dito, mas também no que é calado. O que ela escolhe não dizer é tão bonito e repleto de sentido quanto o que ela diz.

Fazer literatura é imprimir som no papel, selecionar palavras, decidir tempo verbal, conceber frases. E a literatura da autora é extraordinária justamente porque a narrativa é conduzida pelo silêncio, através do silêncio. A história é contada pelas palavras eleitas, mas também pelas que permanecem na prateleira dos dicionários, as que Carla escolheu que não estivessem no texto. E essa mágica, de dizer pelo não dito, é de poucos e excelentes autores.

Talvez por isso esta sensação de desabamento ao fecharmos o livro. O que está silenciado nos faz ruir, faz com que todas as personagens estejam prestes a ruir: a mulher que abre um mapa na mesa da cozinha, a mulher recém-parida que observa o mofo se reproduzir em filamentos, a mulher maquiando os mortos, a que observa as carnes esgarçadas nos ganchos do açougue, a mulher que atravessa uma fronteira, a que segue uma estrada, a que espera os dragões no fundo da tigela, a que serve café, a mulher que cuida da mãe, a que atira um papel na chama do fogão, a mulher que sufoca um amor de trinta anos.

Tudo em declínio, prestes a desmoronar. Mas não um desmoronamento de rompante, uma implosão de poucos minutos. É o desabar lento de uma pedra por vez, a cada dia um tijolo a menos. Você sabe que está caindo, que vai cair. Mas demora tanto, que talvez você se esqueça e nem perceba que acabou. A surpresa da ruína prolongada. Pode demorar anos, décadas, mas vai desabar, está quase, só mais uma parede, uma última viga.

A leitura de *Ursa menor* nos faz ter a certeza de que é uma questão de tempo, apenas uma questão de tempo. A ruína está prestes, ainda que você não perceba, mesmo que demore, que você se esqueça. Carla Kinzo está aqui para lembrar, não pela palavra escrita, mas pela palavra secreta: está quase.

## Nota da autora

Em "Temas para um conto silencioso", os fragmentos das cartas trocadas entre os artistas do Teatro de Arte de Moscou foram retirados do livro *O cotidiano de uma lenda*, de Cristiane Layher Takeda. O trecho do monólogo de Nina foi retirado da tradução de *A gaivota* por Gabor Aranyi, publicada pela editora Veredas.

Este livro foi possível graças ao apoio do ProAC 17/2022.

## Agradecimentos

Pelas leituras e sugestões inestimáveis, sou grata à Ana Rüsche, ao Bruno Zeni, à Elidia Novaes, à Gabriela Naigeborin, à Ligia Souza, ao Marcos Gomes, à Maria Fernanda Elias Maglio, à Noemi Jaffe, à Sílvia Nastari e aos meus amigos da Escrevedeira.

Pelo amor e inspiração, agradeço a minha mãe, Maria Iêda Moreira e ao meu filho, João Gomes Kinzo. E também à Antonia Gil Kinzo, à Cátia Moreira Fath, à Domiciana Maria Moreira, à Lia Moreira Fath, à Ligia Moreira Kinzo, ao Luiz Carlos Kinzo, ao Marcos Gomes, à Maria Luiza Orçano Moreira e à Pina Kinzo Montiel.

O último conto do livro, "Ontem disse uma estrela", é dedicado à poeta Heba Abu Nada.

## Carla Kinzo

Nasceu em São Paulo. Publicou, entre outros livros, *Eslovênia* (Megamíni, 2017), *Matéria* (7Letras, 2012), *Cinematógrafo* (7Letras, 2014), o infantil *Grão* (Pólen, 2015) e a plaquete *Marco zero* (nosotros editorial, 2018). De sua autoria a Quelônio publicou o livro de poemas *Satélite* (2018). É também dramaturga e atriz.

© Carla Kinzo, 2024
© Editora Quelônio, 2024

**Edição e revisão** Bruno Zeni
**Capa e projeto gráfico** Sílvia Nastari
**Revisão** Carmen T.S. Costa
**Diagramação** Rafael Marçon

**Imagem de capa:** © citrusclock / iStock

Dados Internacionais de Catalogação na Publicação (CIP)
(Laura Emilia da Silva Siqueira CRB 8-8127)

Kinzo, Carla.
Ursa menor/ Carla Kinzo; posfácio, Maria Fernanda Elias Maglio; capa e projeto gráfico, Sílvia Nastari.
1ª ed. - São Paulo: Editora Quelônio, 2024. 136 pp.; 13 x 20 cm.

ISBN 978-65-87790-70-1

1. Ficção: Literatura brasileira 2. Literatura brasileira: contos
I. Kinzo, Carla II. Maglio, Maria Fernanda Elias. III. Nastari, Sílvia

13-20243 CDD 869.93

Índices para catálogo sistemático:
1. Ficção: Literatura brasileira
2. Literatura brasileira: contos
869.93

Editora Quelônio

Rua Venâncio Aires, 1072
Vila Pompeia
05024-030
São Paulo - SP
www.quelonio.com.br

**Fontes:** Lemon Sans Next e Utopia Std
**Papéis:** Pólen Bold 90 g/m² e Triplex 250g/m²
**Impressão:** Rettec
**1ª reimpressão:** 200 exemplares
São Paulo, novembro de 2024